Emile Ajar

La vida ante sí

EMILE AJAR

La vida ante sí

MUNDO ACTUAL DE EDICIONES, S.A.

Título original francés:
La vie devant soi

Traducción de
Ana María de la Fuente

1976, Edición especial de la editorial
Mundo Actual de Ediciones, S. A.
reservada exclusivamente
a los socios de Discolibro, S. A.
Printed in Spain. Impreso por
Litografía Rosés, S. A.
Escultor Canet, 6-10, Barcelona - 14

Depósito legal: B. 30.798 - 1976
ISBN: 84-85224-41-8

Número de título: 3.163

Ellos dijeron: "Te has vuelto loco
por causa de
Aquel a quien amas."
Yo dije: "El sabor de la vida
es sólo para los locos"

YÂFI'Î, Raud al rayâhîn

Lo primero que puedo decirles es que vivíamos en un sexto sin ascensor y que para la señora Rosa, con los kilos que llevaba encima y sólo dos piernas, aquello era toda una fuente de vida cotidiana, con todas las penas y los sinsabores. Así nos lo recordaba ella cuando no se quejaba de otra cosa, porque, además, era judía. Tampoco tenía buena salud y otra cosa que puedo decirles es que era una mujer que merecía un ascensor.

La primera vez que vi a la señora Rosa tendría yo tres años. Antes de esta edad no se tiene memoria y se vive en la ignorancia. Yo dejé de ignorar a la edad de tres o cuatro años y a veces lo echo de menos.

Había en Belleville otros muchos judíos, árabes y negros, pero la señora Rosa tenía que subir los seis pisos ella sola. Decía que el día menos pensado se moriría en la escalera y todos los chiquillos se echaban a llorar, que es lo que se hace cuando se muere alguien. Unas veces éramos seis o siete y otras veces más.

Al principio, yo no sabía que la señora Rosa me cuidaba por un tanto al mes. Cuando me enteré, tenía ya seis o siete años y para mí saber que era de pago fue un golpe. Yo creía que la señora Rosa me quería y que éramos algo el uno para el otro. Estuve llorando toda una noche. Fue mi primer desengaño.

Al verme tan triste, la señora Rosa me explicó que la familia no significa nada y que hasta los hay que se van de vacaciones dejando al perro atado a un árbol y que cada año mueren tres mil perros privados del cariño de los suyos. Me sentó en su regazo y me juró que yo era para ella lo más valioso del mundo. Pero entonces me acordé del giro que llegaba todos los meses y me fui llorando.

Bajé al café del señor Driss y me senté delante del señor Hamil que era vendedor ambulante de alfombras en Francia y que había visto de todo. El señor Hamil tiene unos ojos muy bonitos que da gusto verlos. Cuando yo lo conocí, era ya muy viejo y después no ha hecho más que envejecer.

—¿Por qué sonríe siempre, señor Hamil?

—Para dar gracias a Dios todos los días por mi buena memoria, mi pequeño Momo.

Yo me llamo Mohamed, pero todos me llaman Momo que es más de niño.

—Hace sesenta años, cuando era joven, conocí a una muchacha que me quería y a la que yo quería también. Aquello duró ocho meses, hasta que ella se mudó de casa y ahora, al cabo de sesenta años, todavía me acuerdo. Yo le decía: No te olvidaré nunca. Pasaban los años y no la olvidaba. A veces, tenía miedo, porque aún me quedaba mucha vida por delante y, ¿qué palabra podía darme a mí mismo yo, un pobre hombre, cuando es Dios quien tiene la goma de borrar? Pero ahora ya estoy tranquilo. No voy a olvidar a Djamila. Ya me queda poco tiempo, me moriré antes.

Pensé en la señora Rosa, dudé un momento y le pregunté:

—Señor Hamil, ¿se puede vivir sin amor?

El no contestó y bebió un poco de té de menta que es bueno para la salud. Desde hacía una temporada, el señor Hamil llevaba siempre una chilaba gris para que, si le llegaba la hora, no le pillara de americana. Me miró y guardó silencio. Seguramente pensaba que yo era todavía un menor y que había cosas que no debía saber. Entonces tendría yo siete o tal vez ocho años, no puedo decírselo con exactitud, porque resulta que yo no tengo fecha, como verán cuando nos conozcamos mejor, si les parece a ustedes que vale la pena.

—Señor Hamil, ¿por qué no contesta?

—Eres muy joven y cuando se es tan joven es mejor no saber ciertas cosas.

—Señor Hamil, ¿se puede vivir sin amor?

—Sí —dijo él bajando la cabeza como si le diera vergüenza.

Yo me eché a llorar.

Durante mucho tiempo, no supe que yo era árabe porque nadie me había insultado todavía. No me enteré hasta que fui a la escuela. Pero no me he pegado nunca con nadie porque cuando se pega a alguien se hace daño.

La señora Rosa había nacido en Polonia como judía que era, pero se había defendido muchos años en Marruecos y en Argelia y hablaba el árabe como usted y como yo. Por lo mismo, sabía también judío y muchas veces nos hablábamos en esta lengua. La mayoría de los vecinos de la casa eran negros. Hay tres casas de negros en la calle Bisson y otras dos en las que viven por tribus, como en África. Los que más abundan son los sarakollé y luego vienen los toucouleurs que no son pocos. Hay otras muchas tribus en la calle Bisson, pero no tengo tiempo de nombrarlas a todas. El resto de la calle y del bulevar de Belleville es principalmente árabe y judío. Y así hasta la Goutte d'Or, donde empiezan los barrios franceses.

Al principio, yo no sabía que no tenía madre ni sabía que hiciera falta. La señora Rosa evitaba hablarme de ello para no hacerme cavilar. Yo no sé por qué nací ni qué pasó exactamente. Mi amigo el mahoute, que tiene unos años más, me dijo que eso es por la higiene. Él nació en la Alcazaba de Argel y no vino a Francia hasta después. En la Alcazaba no había higiene y él nació porque no tenían bidé, ni agua potable, ni nada. El mahoute lo supo después, cuando su padre trató de justificarse y le juró que no había habido mala voluntad por parte de nadie. El mahoute dice que ahora las mujeres que se defienden tienen una píldora para eso de la higiene, pero que él había nacido demasiado pronto.

A casa iban muchas madres una o dos veces a la semana, pero siempre era para ver a los otros. En casa de la señora Rosa, casi todos éramos hijos de puta y cada vez que alguna se iba a provincias para unos meses, pasaba a ver al crío antes y después del viaje. Y por eso, empecé yo a andar a vueltas con mi madre. Me parecía que todos tenían madre menos yo. Y empecé a tener calambres de estómago y convulsiones para hacerla venir. En la acera de enfrente, había un chico que tenía un balón que me había dicho que cada vez que le dolía el vientre iba su madre a verlo. Yo tuve dolor de vientre, pero nada. Luego tuve convulsiones y tampoco. Hasta empecé a cagar por todo el piso. Nada. Mi madre no vino y la señora Rosa me llamó moro de mierda por primera vez, porque ella no era francesa. Yo le grité que quería ver a mi madre y seguí cagando por toda la casa durante unas semanas para vengarme. La señora Rosa acabó por decirme que si no paraba, me llevaría al hospicio y eso me dio miedo porque el hospicio es lo primero que se enseña a los niños. Seguí cagando por principio, pero no era vida. Entonces éramos siete los hijos de puta pensionistas en casa de la señora Rosa, y todos cagando a cuál mejor, porque no hay nadie más conformista que un crío, y pronto hubo tanta caca por todas partes que la mía no se notaba.

La señora Rosa estaba ya muy vieja y cansada aun sin esto y lo tomaba muy a mal, porque, además, había sido perseguida por judía. Todos los días tenía que subir varias veces los seis pisos, con sus noventa y cinco kilos y sus dos pobres piernas y cuando entraba en casa y olía la caca se dejaba caer en una butaca con todos los paquetes y se echaba a llorar. Y hay que comprenderla. Los franceses son cincuenta millones y decía ella que si todos hubieran hecho como nosotros, ni los alemanes lo habrían resistido y se habrían largado. La señora Rosa conoció bien Alemania durante la guerra, pero había vuelto. Entraba, olía la caca y se ponía a gritar: "¡Esto es Auschwitz! ¡Esto es Auschwitz!", porque la habían deportado a Auschwitz, por judía. De todos modos, en lo del racismo era siempre muy correcta. Con nosotros vivía un tal Moisés al que ella llamaba a veces moro sucio, pero a mí nunca. Entonces yo no me había dado cuenta de que, a pesar de su peso, aquella mujer tenía delicadeza. Al fin lo dejé, porque tampoco conseguía nada ni venía mi madre. Pero seguí teniendo calambres y convulsiones durante mucho tiempo y aun ahora me duele el vientre a veces. Después traté de llamar la atención de otro modo. Empecé a rapiñar en las tiendas, aquí un tomate y allí un melón. Siempre esperaba a que alguien mirase. Cuando salía el dueño y me daba un cachete, me ponía a berrear, pero, por lo menos, alguien se fijaba en mí.

Un día robé un huevo en una tienda. La dueña me vio. Yo prefería robar donde hubiera una mujer, pues lo único de lo que podía estar seguro era que mi madre era una mujer, pues no hay más remedio. Cogí el huevo y me lo metí en el bolsillo. La dueña de la tienda se me acercó. Yo estaba esperando el cachete para hacerme notar. Pero ella se agachó y me acarició la cabeza. Y hasta me dijo:

—¡Qué chico más guapo!

Al principio, pensé que quería recuperar el huevo por la vía sentimental y yo lo apretaba con la mano en el fondo del bolsillo. No tenía más que darme un cachete, que es lo que hacen las madres cuando se ocupan de uno. Pero ella se levantó, se fue al mostrador y me dio otro huevo. Después me besó. Yo tuve un momento de esperanza que no puedo explicarles porque no es posible. Me quedé toda la mañana delante de la tienda, esperando. No sé lo que esperaba. De vez en cuando, la mujer me sonreía y yo seguía allí con el huevo en la mano. Yo tendría entonces unos seis años y me figuraba que aquello era para toda la vida, cuando en realidad no era más que un huevo. Volví a casa y estuve todo el día con dolor de vientre. La señora Rosa había ido a la comisaría para dar un falso testimonio que le había pedido la señora Lola. La señora Lola era un *travesti* del cuarto piso, ex campeón de boxeo del Senegal que ahora trabajaba en el Bosque de Bolonia y había noqueado a un cliente sádico que no podía figurarse con quién había dado. La señora Rosa tenía que declarar que aquella noche había estado en el cine con la señora Lola y que después las dos habían estado viendo la Televisión. Más adelante hablaré de la señora Lola que, desde luego, era una persona distinta a las demás, porque también las hay. Por esto la quería yo.

Eso de los niños es muy contagioso. Donde hay uno, en seguida vienen más. En casa de la señora Rosa éramos entonces siete, dos sólo de día, que el señor Moussa, el basurero, traía a la hora de la basura, las seis de la mañana, porque le faltaba la mujer, que se le había muerto de no sé qué, y los recogía por la tarde para ocuparse de ellos. Había Moisés, más pequeño que yo; Banania, que siempre se reía porque había nacido de buen humor, y Michel, hijo de vietnamitas al que la señora Rosa no iba a aguantar ni un día porque hacía más de un año que no pagaba. La judía era buena persona, pero todo tiene un límite. Lo que ocurría es que las mujeres que se defienden tenían que ir lejos, donde eso se pagaba bien y había más demanda y dejaban al niño con la señora Rosa para no volver más. Se largaban y ahí queda eso. Son historias de chiquillos que no habían podido abortarse a tiempo y que no eran necesarios. La señora Rosa colocaba algunos en familias que se sentían solas y tenían necesidad de ellos, pero era difícil porque hay unas leyes. Cuando una mujer se ve obligada a defenderse, no tiene derecho a la patria potestad, así lo exige la prostitución. Entonces tiene miedo de ser despojada y esconde al niño para que no se lo quite la Asistencia Pública y lo da a una persona conocida, de discreción asegurada. No podría decirles la cantidad de hijos de puta que pasaban por casa de la señora Rosa, pero eran pocos los que estaban allí fijos, como yo. Los que se quedaron más tiempo fueron Moisés, Banania y el vietnamita, que después fue recogido por el dueño de un restaurante de la calle de Monsieur le Prince y que yo no reconocería si volviera a verle, del tiempo que hace.

Cuando empecé a reclamar a mi madre, la señora Rosa me llamó abusón y dijo que todos los árabes eran así, que les das la mano y quieren el brazo. Pero la señora Rosa tampoco era así, lo decía solamente a causa de los prejuicios y yo sabía muy bien que era su preferido. Cuando yo empezaba a berrear, todos los demás berreaban conmigo y la señora Rosa se encontraba con siete críos que llamaban a gritos a su madre. Entonces le daban ataques de histerismo, se arrancaba los pocos pelos que le quedaban y lloraba por nuestra ingratitud. Lloraba con la cara entre las manos, pero a nuestra edad no se tiene compasión. El yeso se caía de la pared, pero no porque la señora Rosa llorase. Eran sólo desperfectos materiales.

La señora Rosa tenía el pelo gris que también se caía seguramente de cansancio. Le daba mucho miedo quedarse calva, es algo terrible para una mujer que no tiene ya casi nada más. Tenía, eso sí, más nalgas y más pecho que cualquiera y cuando se miraba al espejo se sonreía como si tratara de gustarse. El domingo se vestía de pies a cabeza, se ponía su peluca roja e iba a sentarse en la plaza Beaulieu, donde se pasaba unas horas con elegancia. Se maquillaba varias veces al día, pero qué se le va hacer. Con la peluca y el maquillaje se notaba menos y siempre tenía flores en casa, para alegrar un poco.

Cuando se hubo calmado, la señora Rosa me llevó al retrete y me llamó instigador y me dijo que a los instigadores los llevaban a la cárcel. Me explicó que mi madre veía todo lo que yo hacía y que si quería reunirme con ella algún día debía llevar una vida limpia y honrada, sin delincuencia juvenil. El retrete era muy pequeño y la señora Rosa no cabía toda allí dentro a causa de su gordura y hasta hacía raro que hubiera sitio para una persona sola. Me parece que allí dentro tenía que sentirse más sola todavía.

Cuando los giros dejaban de llegar para uno de nosotros, Rosa no ponía en la calle al culpable. Éste era el caso del pequeño Banania. Su padre era desconocido y no podía reprochársele nada; la madre mandaba un poco de dinero cada seis meses y aún. La señora Rosa ponía como un trapo a Banania, pero él se quedaba tan fresco porque no tenía más que tres años y una sonrisa. Creo que de no ser por la sonrisa del pequeño, la señora Rosa lo hubiera dado a la Asistencia, pero como no se podía dar lo uno sin lo otro, tenía que quedarse con los dos. Yo era el encargado de llevar a Banania a los hogares africanos de la calle Bisson para que viera negros. La señora Rosa insistía en ello.

—Es preciso que vea negros. De lo contrario, después no podrá integrarse.

Yo cogía a Banania y lo llevaba a la casa de al lado. Allí era muy bien recibido, porque todos eran personas que tenían a la familia en África y un niño siempre hace pensar en otros niños. La señora Rosa no sabía si Banania, que se llamaba Turé, era maliano, senegalés, guineano o qué. Su madre trabajaba en la calle Saint-Denis antes de marcharse a una casa de Abidjan. En el oficio no hay manera de saber esas cosas.

Moisés era también muy mal pagador, pero aquí la señora Rosa no tenía por dónde salir, porque entre judíos no se puede amenazar con la Asistencia Pública. Mi giro de trescientos francos llegaba puntualmente cada primero de mes y yo era inatacable. A mí me parece que Moisés tenía madre, pero a ella le daba vergüenza porque sus padres no sabían nada y eran de buena familia y como Moisés era rubio, de ojos azules y sin la típica nariz, no había más que mirarle para darse cuenta.

Mis trescientos francos mensuales a toca teja hacían que la señora Rosa me tuviera respeto. Yo iba a cumplir diez años y hasta empezaba a dar señales de precocidad, pues ya se sabe que los árabes son los primeros en soltarse. Yo sabía que representaba para ella algo sólido y que lo pensaría dos veces antes de coger al lobo por las orejas. Es lo que ocurrió en el retrete cuanto tenía seis años. Me dirán que estoy mezclando las fechas, pero no es cierto y cuando venga a cuento les explicaré cómo tuve de pronto una salida de viejo.

—Mira, Momo, tú eres el mayor y tienes que dar ejemplo. Deja ya de jorobar con tu mamá. Es una suerte que no conozcáis a vuestras mamás porque a vuestra edad todavía hay sensibilidad y ellas son unas putas de tomo y lomo. A veces le parece a una estar soñando. ¿Tú sabes lo que es una puta?

—Una persona que se defiende con el culo.

—Me pregunto de dónde sacas esas atrocidades, pero hay algo de verdad en eso.

—Señora Rosa, ¿usted también se defendía con el culo cuando era joven y bonita?

Ella sonrió. Le gustaba oír que había sido joven y bonita.

—Eres un buen chico, Momo, pero no enredes. Ayúdame. Yo estoy ya muy vieja y enferma. Desde que salí de Auschwitz no he tenido más que penas.

Estaba tan triste que ni siquiera se daba uno cuenta de lo fea que era. Le eché los brazos al cuello y la besé. En la calle decían que era una mujer sin corazón, pero es que no había nadie que se ocupara de ella. Había resistido sin corazón durante sesenta y cinco años y era preciso perdonarle ciertas cosas.

Lloraba tanto que me dieron ganas de mear.

—Perdone, señora Rosa, tengo ganas de hacer pipí.

Después le dije:

—Señora Rosa, eso de mi madre ya sé que no puede ser, pero ¿no podría tener un perro en su lugar?

—¿Cómo? ¿Tú te has creído que aquí hay sitio para un perro? ¿Y cómo iba a darle de comer? ¿Quién me mandaría giros?

Pero el día que llevé a casa un pequeño caniche gris todo rizado que había robado en la perrera de la calle Calefeutre, no dijo nada. Entré en la perrera y pedí permiso para acariciar al caniche. La dueña, cuando la miré como yo sé, me puso el perro en los brazos. Yo lo cogí, lo acaricié y salí disparado como una flecha. Si hay algo que sé hacer es correr. Y es que sin esto no se puede en la vida.

Aquel perro fue una verdadera desgracia para mí. Me puse a quererlo a más no poder. Y los demás también, menos Banania al que tenía sin cuidado, pues ya estaba contento sin más ni más. Nunca he visto un negro contento con motivo. Yo iba siempre con el perro a cuestas y no acertaba a encontrarle un nombre. Cuando pensaba llamarle *Tarzán* o *Zorro* me parecía que tenía que haber algún otro nombre mejor esperando, un nombre que no tuviera nadie. Por fin me decidí por *Super,* pero con todas las reservas para cambiarlo si se me ocurría otro nombre mejor. Yo tenía grandes excedentes acumulados y se lo di todo a *Super.* No sé lo que hubiera hecho sin él, era verdaderamente urgente y puede que hubiera acabado en la cárcel. Cuando lo sacaba a la calle me sentía alguien, pues yo era todo lo que él tenía en el mundo. Tanto lo quería que lo di. Yo tenía ya unos nueve años y a esa edad ya se piensa, salvo quizá cuando uno es feliz. Hay que decir también, sin ánimos de ofender, que vivir en casa de la señora Rosa era triste, incluso estando acostumbrado. Así, pues, cuando *Super* empezó a crecer para mí en el aspecto sentimental, quise darle una buena vida, que es lo que hubiera hecho para mí, de haber podido. Hay que tener presente que no era un cualquiera, sino un caniche.

Aquella señora dijo que era un perrito muy mono y me preguntó si era mío y si se lo vendería. Yo andaba mal vestido, con una cara que no es de por aquí y ella veía que el perro era otra cosa.

Le vendí a *Super* por quinientos francos y él hacía realmente un buen negocio. Le pedí quinientos francos a la buena mujer porque quería estar seguro de que contaba con medios. Acerté porque tenía hasta coche con chófer y en seguida metió dentro a *Super,* por si yo tenía padres que pudieran protestar. Y ahora, aunque no me crean les diré que cogí los quinientos francos y los tiré a una alcantarilla. Después, me senté en la acera y me puse a llorar como un desesperado apretándome los ojos con los puños, pero feliz. En casa de la señora Rosa no había seguridad, todos vivíamos pendientes de un hilo, con la vieja enferma, sin dinero y con la amenaza de la Asistencia Pública. No era vida para un perro.

Cuando volví a casa y le dije a la señora Rosa que había vendido a *Super* por quinientos francos y había tirado el dinero a la alcantarilla, se puso morada, me miró y corrió a encerrarse en su cuarto dando dos vueltas de llave. Después, siempre se encerraba para dormir, por miedo de que yo le cortara el cuello. Los otros chiquillos armaron la gorda cuando lo supieron, y es que ellos no querían de verdad a *Super,* sino sólo para jugar. Éramos un montón de chicos. Siete u ocho. Estaba Salima a la que su madre consiguió salvar cuando los vecinos la denunciaron por puta callejera y le cayó una inspección de la Asistencia Pública. Tuvo que interrumpir al cliente y cogió a Salima que estaba en la cocina y la sacó por la ventana al patio y la chiquilla estuvo toda la noche escondida en un cubo. Llegó a casa de la señora Rosa por la mañana, histérica y con la niña oliendo a basura. Estaba también Antoine, de paso, que era un francés de verdad, el único, y todos le mirábamos mucho para ver cómo era aquello. Pero no tenía más que dos años y no había mucho que ver. Y no me acuerdo quién más, pues siempre estaban cambiando, con las madres que venían a buscar a sus críos. La señora Rosa decía que las mujeres que se defienden no tienen suficiente apoyo moral porque los proxenetas ya no saben hacer su oficio como es debido y ellas necesitan a sus hijos para tener una razón de vivir. Volvían cuando tenían un momento o cuando se ponían enfermas y se iban al campo con el crío para aprovechar.

Nunca he comprendido por qué no se permite a las putas catalogadas educar a sus hijos; las otras no se molestarían. La señora Rosa pensaba que eso es por la importancia que en Francia se da al culo, más que en otros sitios. Esto tiene aquí unas proporciones que quien no lo haya visto no se lo puede imaginar. La señora Rosa decía que el culo es lo más importante que tienen en Francia, después de Luis XIV y que por eso las prostitutas, como se las llama, son perseguidas, pues las mujeres decentes lo quieren todo para ellas solas. Yo he visto llorar en casa a madres que habían sido denunciadas a la Policía por tener un crío con aquel oficio y estaban muertas de miedo. La señora Rosa las tranquilizaba, les explicaba que tenía a un comisario de Policía que también era hijo de puta que la protegía y que conocía a un judío que le hacía unos papeles falsos que nadie lo diría, de lo auténticos que eran. Yo al judío nunca lo vi, porque la señora Rosa lo tenía escondido. Se habían conocido en el hogar judío de Alemania en el que no fueron exterminados por equivocación y habían jurado que nunca más volverían a dejarse coger. El judío vivía en uno de los barrios franceses haciéndose papeles falsos como un loco. Gracias a él, la señora Rosa tenía unos documentos que decían que ella era otra persona, como todo el mundo. Decía que con aquello ni los israelíes hubieran podido probar nada contra ella. Desde luego, tranquila del todo no estaba, porque para esto hay que estar muerto. En la vida siempre se tiene pánico.

Como les decía, los chicos estuvieron berreando durante horas cuando yo di a *Super* para asegurar su porvenir porque en casa no tenía ninguno. Lloraron todos menos Benania que, como siempre, estaba tan campante. Cuando les digo que aquel granuja no era de este mundo. Tenía ya cuatro años y estaba contento. Lo primero que la señora Rosa hizo el día siguiente fue llevarme a casa del doctor Katz para ver si tenía algo malo.

Quería que me sacaran sangre por si estaba sifilítico como árabe que era. Pero el doctor Katz se puso hecho una fiera y hasta le temblaba la barba, porque olvidaba decirles que tenía barba. Le gritó a la señora Rosa que era una no sé qué de casa y que aquello eran cuentos de la China. Por lo visto, eso de los cuentos de la China viene de cuando los judíos del ramo de la confección no drogaban a las mujeres blancas para enviarlas a los burdeles y todo el mundo la tenía tomada con ellos. Siempre dan que hablar por nada.

Pero la señora Rosa seguía intranquila.

—¿Qué ha pasado exactamente?

—Que esta criatura ha cogido quinientos francos y los ha tirado a una alcantarilla.

—¿Es su primera crisis de violencia?

La señora Rosa me miraba sin contestar y yo estaba muy triste. Nunca me gustó hacer sufrir a la gente porque soy un filósofo. Detrás del doctor Katz, encima de una chimenea, había un barco de vela y, como yo me sentía muy desgraciado y quería irme lejos, muy lejos de allí y lejos de mí, subí a bordo, me puse a hacerlo volar y crucé océanos con mano firme. Creo que fue entonces, a bordo del velero del doctor Katz, la primera vez que me fui lejos. En realidad, no puedo decir que antes de aquello yo fuera un niño. Y aun ahora, cuando quiero, puedo embarcarme en el velero del doctor Katz y marcharme solo muy lejos. Nunca se lo he dicho a nadie y siempre hago como que sigo aquí.

—Doctor, hágame el favor de mirar bien a esta criatura. Usted me ha prohibido las emociones fuertes por mi corazón y él va y vende lo que más quería en el mundo y tira quinientos francos a una alcantarilla. Esto no lo hacían ni en Auschwitz.

El doctor Katz era bien conocido de todos los judíos y árabes de la calle Bisson por su caridad cristiana y cuidaba a todo el mundo de la mañana a la noche y hasta más tarde. Guardo de él muy buen recuerdo. Su casa era el único lugar en el que oía hablar de mí y en el que se me miraba como si fuera algo importante. Iba muchas veces yo solo, no porque estuviera enfermo, sino para sentarme en la sala de espera. Allí me pasaba un buen rato. Él veía que yo había ido para nada y que estaba ocupando una silla, cuando había tanta miseria en el mundo, pero siempre me sonreía muy cariñoso y no se enfadaba. Mirándolo, muchas veces pensé que si yo hubiera tenido un padre sería el doctor Katz el que habría escogido.

—Quería a ese perro a rabiar, dormía abrazado a él, ¿y qué es lo que hace? Va y lo vende y tira el dinero. Esta criatura no es como todo el mundo, doctor. Me da miedo que pueda tener un ataque de locura.

—Puedo asegurarle que no pasará nada, absolutamente nada, señora Rosa.

Yo me eché a llorar. Sabía muy bien que no pasaría nada, pero era la primera vez que oía decirlo claramente.

—No hay motivo para llorar, Mohamed. Pero puedes llorar si eso te hace bien. ¿Llora mucho?

—Nunca. No llora nunca. Y a pesar de todo, Dios sabe lo que me hace sufrir.

—Pues ya ve que esto va mejor —dijo el doctor—. Está llorando. Se desarrolla normalmente. Ha hecho usted muy bien en traérmelo, señora Rosa. Voy a recetarle un tranquilizante. Eso no es más que ansiedad en usted.

—Para ocuparse de los niños hace falta mucha ansiedad, doctor. Si no, se convierten todos en unos granujas.

Al salir, íbamos cogidos de la mano. A la señora Rosa le gusta que la vean acompañada. Cuando tiene que salir, pasa mucho rato arreglándose. Y es que como ha sido mujer todavía le queda algo. Se maquilla mucho, pero a su edad ya no sirve de nada querer disimular.

Tiene cara de rana vieja y judía, con gafas y asma. Cuando sube la escalera con la compra, se para a cada momento y dice que cualquier día caerá muerta a mitad del camino, como si fuera tan importante acabar de subir los siete pisos.

En casa encontramos al señor N'Da Amédée, el chulo al que se llama también proxeneta. Si conocen ustedes el barrio, sabrán que está lleno de autóctonos, todos venidos de África, como su nombre indica. Tienen varios hogares, llamados también tugurios, donde carecen de los productos de primera necesidad, como la higiene o la calefacción del municipio de París, que no llega hasta allí. Hay hogares negros en los que viven ciento veinte, ocho en cada habitación y con un solo retrete abajo, y, claro, ellos se desperdigan por aquí y por allá porque hay cosas que no pueden esperar. Antes de nacer yo había barracas, pero Francia las mandó destruir para que no se vieran. La señora Rosa contaba que en Aubervilliers había un hogar en el que se asfixiaba a los senegaleses con estufas de carbón, metiéndolos a todos en una habitación con las ventanas cerradas y al día siguiente estaban todos muertos. Amanecían asfixiados por las malas influencias que salían de la estufa mientras ellos dormían el sueño de los justos. Yo iba muchas veces a verlos a la casa de al lado, en la calle Bisson, y siempre era bien recibido. Casi todos eran musulmanes como yo, pero no era por eso. Me parece que les gustaba ver a un crío de nueve años que aún no tenía ninguna idea en la cabeza. Los viejos siempre tienen ideas. Por ejemplo, no es verdad que todos los negros sean iguales.

La señora Sambor, que les hacía la comida, no se parecía en nada al señor Dia para el que estuviera acostumbrado a la negrura. El señor Dia no hacía ninguna gracia. Tenía unos ojos que daban miedo. Siempre estaba leyendo. También tenía una navaja barbera así de larga que cuando se apretaba un chirimbolo no se cerraba. Él la usaba para afeitarse, pero ya ya. En el hogar eran cincuenta y todos le obedecían. Cuando no leía, hacía gimnasia para ser el más fuerte. Era muy robusto, pero no le bastaba. Yo no comprendía por qué un señor tan rechoncho hacía tantos esfuerzos para serlo más todavía. Nunca se lo pregunté, pero me figuro que no debía sentirse lo bastante robusto para todo lo que quería hacer. A mí a veces también me dan ganas de reventar de lo que me gustaría ser fuerte. Hay momentos en los que sueño con ser un poli y no tenerle miedo a nada ni a nadie. Me pasaba el día rondando por la comisaría de la calle Deudon, pero sin esperanza porque sabía que con nueve años no se puede, todavía es uno muy minoritario. Soñaba con ser poli porque los polis tienen la fuerza de seguridad. Yo creía que eso era lo más fuerte, no sabía que existieran comisarios de Policía y pensaba que todo quedaba allí. Hasta mucho después no supe que había algo mejor, pero nunca pude subir hasta el prefecto de Policía. Eso rebasaba mi imaginación. Tendría yo ocho, nueve o diez años y me daba mucho miedo encontrarme solo en el mundo. Cada vez se cansaba más la señora Rosa subiendo los seis pisos, y yo me sentía más pequeño y tenía más miedo.

También lo de mi fecha de nacimiento me mosqueaba, sobre todo cuando me sacaron de la escuela dicien do que era demasiado joven para mi edad. De todos modos, aquello no tenía importancia porque el certificado que decía que yo había nacido y que estaba en regla era falso. Como les decía, la señora Rosa tenía muchos certificados en casa y si a la Policía le daba por hacer pesquisas hasta podía demostrar que ella no había sido judía desde hacía varias generaciones. Se había protegido por todos lados desde que la Policía francesa que surtía a los alemanes la había cogido desprevenida y la había metido en un velódromo para judíos. Luego la transportaron a un hogar judío de Alemania donde los quemaban. Ella tenía siempre miedo, pero no como todo el mundo, sino más.

Una noche la oí gritar mientras dormía. Esto me despertó y vi que se levantaba. En la casa había dos dormitorios y ella tenía uno para ella sola, menos cuando había aglomeración y entonces Moisés y yo dormíamos en su cuarto. Es lo que ocurría aquella noche, pero Moisés no estaba. Se había ido con una familia judía que no tenía niños y se lo habían llevado para ver si era bueno para adoptar. Lo devolvieron en seguida por lo mucho que él se esforzaba en caerles bien. Tenían un colmado *kasher* en la calle Tienné.

Los gritos de la señora Rosa me despertaron. Ella encendió la luz y yo abrí un ojo. Le temblaba la cara y parecía que estuviera viendo alguna cosa. Se levantó de la cama, se puso la bata y cogió una llave que estaba escondida debajo del armario. Cuando se agacha tiene un culo todavía más grande que de costumbre.

Abrió la puerta y empezó a bajar la escalera. Yo la seguí porque me daba miedo quedarme solo.

La señora Rosa bajaba la escalera unas veces con luz y otras a oscuras. El interruptor automático se apaga en seguida por cuestiones económicas, el administrador es un cerdo. Una de las veces que se apagó la luz, la encendí yo, como un cateto, y la señora Rosa que estaba un piso más abajo dio un grito porque creyó que había allí una presencia humana. Miró hacia arriba y hacia abajo y siguió bajando, y yo también, pero ya no volví a tocar el interruptor, pues con eso pasábamos miedo los dos. Yo no sabía lo que ocurría, aun menos que de costumbre, y esto siempre da miedo. Me temblaban las rodillas y era terrible ver aquella judía bajando la escalera con argucias de sioux, como si aquello estuviera lleno de enemigos o algo peor.

Cuando llegó abajo, en vez de salir a la calle, se metió por la escalera del sótano, donde no hay luz y está siempre a oscuras, hasta en verano. La señora Rosa nos tenía prohibido bajar allí porque en los sótanos es donde se estrangula a los niños. Al verla bajar aquella escalera, creí que de verdad estaba loca y a punto estuve de correr a despertar al doctor Katz. Pero tenía tanto miedo que preferí quedarme quieto. Estaba seguro de que si me movía aquello se llenaría de monstruos que saldrían de repente en vez de seguir escondidos como estaban desde que yo había nacido.

Entonces distinguí un poco de luz. Venía del sótano y esto me tranquilizó un poco. Los monstruos no acostumbran a encender luces. A ellos les va mejor la oscuridad.

Bajé al corredor que olía a meados y a cosas peores porque en la casa de los negros de al lado no había más que un retrete para cien y cada uno lo hacía donde podía. El sótano estaba dividido en varios cuartos y una de las puertas estaba abierta. La señora Rosa estaba dentro y de allí venía la luz. Miré.

En el centro había una butaca hundida, roñosa y coja y en ella se había sentado la señora Rosa. De las paredes salían unas piedras como dientes y parecía que se reían con guasa. Sobre una cómoda había un candelabro judío, con una vela encendida. Me extrañó ver una cama que estaba para tirar, pero que tenía su colchón, mantas y almohadas. Había también sacos de patatas, un hornillo, unos bidones y unas cajas de cartón llenas de sardinas. Estaba tan asombrado que se me había pasado el miedo, pero como tenía el culo al aire empezaba a sentir frío.

La señora Rosa se quedó sentada un momento en la butaca destripada, sonriendo contenta. Tenía un aire de malicia y hasta de triunfo. Era como si hubiera hecho algo grande. Después se levantó, cogió una escoba de un rincón y se puso a barrer. Y no era entonces cosa de barrer con todo aquel polvo que se levantaba que era malo para su asma. En seguida empezó a costarle trabajo respirar y había que oír cómo le silbaban los bronquios, pero ella seguía barriendo y no había nadie que pudiera decírselo, sólo yo, porque a los demás les importaba un rábano. Desde luego, la pagaban para que me cuidara y lo único que teníamos en común era que ninguno de los dos teníamos a nadie, pero para su asma nada peor que el polvo. Después dejó la escoba y trató de apagar la vela soplando, pero, a pesar de sus dimensiones, no tenía bastante aire. Se mojó los dedos con la lengua y así apagó la vela. Me largué en seguida. Sabía que había terminado y que ahora subiría.

Bueno, yo no entendía nada, pero aquello era una cosa más. No sabía qué satisfacción podía darle bajar seis pisos y pico a medianoche para sentarse en el sótano con un aire malicioso.

Cuando subió, ella no tenía miedo ni yo tampoco porque eso se contagia. Nos dormimos con el sueño de los justos. Lo he pensado bien y me parece que el señor Hamil se equivoca cuando dice eso. Yo creo que los que mejor duermen son los injustos porque todo les importa un bledo, mientras que los justos no pueden pegar ojo y por cualquier cosa se dan mala sangre. Si no, no serían justos. El señor Hamil tiene unas expresiones muy suyas como "lo sé por experiencia" y "tengo el honor de decirle" y otras muchas que me gustan y me hacen pensar en él. Era un hombre de lo mejor. Me enseñaba a escribir "la lengua de mis antepasados". Él decía siempre "antepasados" porque de mis padres no quería hablarme. Me hacía leer el Corán porque la señora Rosa decía que eso era bueno para los árabes. Cuando yo le preguntaba cómo sabía ella que yo me llamaba Mohamed y que era musulmán, si no tenía padres ni ningún documento que lo demostrara, ella se enfadaba y me decía que un día, cuando fuera mayor y fuerte, me explicaría esas cosas y que no quería causarme una terrible impresión siendo todavía una criatura sensible. Siempre decía que lo primero que hay que cuidar en los niños es la sensibilidad. Sin embargo, a mí me daba igual que mi madre fuera de las que se defienden. Si la conocía, la querría y la cuidaría y sería para ella un buen proxeneta, como el señor N'Da Amédée, del que más adelante tendré el honor de hablarles. Yo estaba contento de tener a la señora Rosa, pero si podía tener a alguien mejor y más mío, no iba a decir que no, ¡qué mierda! Aunque tuviera una madre verdadera a quien cuidar, también podría ocuparme de la señora Rosa. El señor N'Da protege a varias mujeres.

Si la señora Rosa sabía que yo era Mohamed y musulmán es que yo tenía un origen, algo. Yo quería saber dónde estaba mi madre y por qué no iba a verme. Pero entonces la señora Rosa se echaba a llorar y decía que yo no tenía gratitud, que no sentía nada por ella y quería a otra. Yo lo dejaba. Bueno, yo sabía que hay siempre un misterio cuando una mujer que se defiende tiene un crío del que no ha podido librarse a tiempo con la higiene y que eso trae consigo lo que se llama los hijos de puta, pero era gracioso que la señora Rosa estuviera tan segura de que yo era Mohamed y musulmán. Seguro que no lo había inventado para darme gusto. Se lo dije al señor Hamil, un día en que me contaba la vida de Sidi Abderramán, que es el patrón de Argel.

El señor Hamil es de Argel y hace treinta años fue en peregrinación a La Meca. Su santo preferido es Sidi Abderramán de Argel porque, como dice él, lo de la tierra siempre tira. Pero, además, tiene una alfombra con el retrato de otro paisano suyo, Sidi Uali Dada, sentado en su alfombra de oración tirada por peces. Puede parecer poco serio el que unos peces arrastren una alfombra por los aires, pero son cosas de la religión.

—Señor Hamil, ¿cómo es que yo me llamo Mohamed y soy musulmán si no tengo nada que lo demuestre?

El señor Hamil levanta siempre una mano cuando quiere decir que se haga la voluntad de Dios.

—La señora Rosa te recogió cuando eras muy pequeño y ella no lleva un registro civil. Desde entonces ha recogido y ha entregado muchos niños, Mohamed. Debe guardar el secreto profesional, porque hay señoras que exigen discreción. Le dijeron que te llamabas Mohamed y que eras musulmán y desde entonces el autor de tus días no ha vuelto a dar señales de vida. La única señal de vida que dio eres tú, Mohamed. Y eres un chico muy guapo. Vamos a suponer que tu padre murió durante la guerra de Argelia, que es algo hermoso y grande, y que es un héroe de la independencia.

—Señor Hamil, yo hubiera preferido tener un padre que tener un héroe. Hubiera tenido que ser un buen proxeneta y ocuparse de mi madre.

—No digas esas cosas, Mohamed. Hay que pensar también en los yugoslavos y en los corsos. Todo nos lo cuelgan a nosotros. Es difícil educar a un niño en este barrio.

Pero a mí me parecía que el señor Hamil sabía algo y que se lo callaba. Era muy buena persona y de no haber sido toda su vida vendedor ambulante de alfombras hubiera podido ser alguien importante y hasta quizá podría haberse sentado él en una alfombra tirada por peces, como aquel otro santo del Magreb, Sidi Uali Dada.

—¿Y por qué me sacaron de la escuela, señor Hamil? La señora Rosa me dijo que porque era muy joven para mi edad, después porque era demasiado mayor y después porque no tenía la edad. Luego me llevó a casa del doctor Katz que le dijo que quizá yo sería muy diferente, como un gran poeta.

El señor Hamil parecía muy triste. Era por sus ojos.

Es siempre en los ojos donde más triste está la gente.

—Tú eres un niño muy sensible, Mohamed. Esto te hace distinto a los demás.

Sonrió.

—No es la sensibilidad lo que hoy en día mata a las personas.

—¿Es que mi padre fue un gran bandido y todos tienen miedo hasta de hablar de él?

—No, Mohamed. Yo nunca oí hablar tal cosa.

—¿Y qué es lo que ha oído decir, señor Hamil?

Él bajó los ojos y suspiró.

—Nada.

—¿Nada?

—Nada.

Siempre lo mismo tratándose de mí. Nada.

La lección había terminado y el señor Hamil se puso a hablar de Niza que es el relato que más me gusta. Cuando habla de los payasos que bailan por la calle y de los gigantes que ríen sentados en las carrozas yo me siento como en mi casa. También me gustan los bosques de mimosas que hay allí y las palmeras y los pájaros blancos que baten las alas como aplaudiendo, de contentos que están. Un día convencí a Moisés y a otro chico para que vinieran andando conmigo a Niza para vivir en el bosque de mimosas de lo que cazáramos. Y una mañana nos fuimos y llegamos hasta la plaza Pigalle, pero nos dio miedo estar lejos de casa y regresamos. La señora Rosa creyó que se volvía loca, pero ella dice siempre esto para explicarse.

Así, pues, como ya he tenido el honor de decirles, cuando la señora Rosa y yo volvimos de aquella visita del doctor Katz encontramos en casa al señor N'Da Amédée que es el hombre mejor vestido que puedan imaginarse. Es el chulo y proxeneta más grande de todos los negros de París y viene a ver a la señora Rosa porque ella le escribe las cartas para su familia. Él no quiere que nadie más se entere de que no sabe escribir. Llevaba un traje de seda rosa que se podía tocar, sombrero rosa y camisa rosa. La corbata también era rosa y todo aquel conjunto le hacía distinguirse. El señor N'Da había venido de Nigeria, que es uno de los muchos países que tienen en África, y se había hecho a sí mismo. Siempre lo decía. "Yo me he hecho a mí mismo", con su traje y sus anillos de brillantes. Llevaba uno en cada dedo y, cuando lo mataron en el Sena, le cortaron los dedos para quitarle los anillos porque era un ajuste de cuentas. Les digo esto ahora para ahorrarles después el mal rato. En vida tenía los mejores veinticinco metros de acera de Pigalle y se hacía la manicura también de color rosa. Se me había olvidado, también tenía un chaleco. Siempre estaba acariciándose el bigote con el dedo, como si quisiera ser cariñoso con él. Cada vez que iba a casa, le llevaba a la señora Rosa algún regalito para comer, pero ella prefería perfumes, pues tenía miedo de engordar todavía más. Yo nunca la vi oler mal, hasta mucho después. El perfume era lo que mejor le caía a la señora Rosa como regalo y tenía frascos y más frascos, pero nunca supe por qué se lo ponía sobre todo detrás de las orejas, como el perejil las terneras. El negro del que les hablo, el señor N'Da Amédée, en realidad era analfabeto porque se había hecho alguien demasiado pronto y no había tenido tiempo de ir a la escuela. No voy a repetir aquí toda la historia, pero los negros han sufrido mucho y hay que comprenderlos si se puede. Y por esto el señor N'Da hacía escribir a la señora Rosa aquellas cartas que él mandaba a sus padres en Nigeria. El racismo ha sido algo terrible para aquellas gentes hasta que llegó la revolución, tuvieron un régimen y acabaron de sufrir. Yo no tengo quejas del racismo, de modo que no sé qué puedo esperar. Bueno, los negros deben de tener también sus defectos.

El señor N'Da Amédée se sentaba en la cama en la que dormíamos nosotros cuando no éramos más que tres o cuatro, porque, si éramos más, algunos nos íbamos a dormir con la señora Rosa, o se quedaba de pie, con un pie encima de la cama mientras explicaba a la señora Rosa lo que tenía que escribir a sus padres. El señor N'Da gesticulaba al hablar, se alteraba y hasta se enfadaba y se ponía hecho una fiera, no porque estuviera furioso, sino porque quería decir a sus padres más cosas de las que podía permitirse con sus cortos medios. La carta empezaba siempre con mi querido y venerado padre y luego, el berrinche. Y es que tenía dentro cosas maravillosas que no podía decir, no disponía de efectivos y a cada palabra tenía que echar mano del oro y los diamantes. La señora Rosa le escribía unas cartas en las que decía que estaba estudiando de autodidacta para hacerse contratista de obras públicas, construir presas y ser un bienhechor para su país. Cuando ella se lo leía, él se ponía contentísimo. Otras veces, la señora le hacía construir puentes, carreteras y todo lo necesario. A ella le gustaba verlo contento al oír todas las cosas que hacía en sus cartas y él siempre metía dinero en el sobre para que parecieran más verdad. El señor N'Da estaba encantado con su traje rosa de los Campos Elíseos y la señora Rosa decía después que cuando la escuchaba tenía ojos de creyente y que los negros de África, porque también los hay en otros sitios, siguen siendo lo mejor del género. Los creyentes de verdad son personas que creen en Dios, como el señor Hamil, que siempre estaba hablándome de Dios y me decía que estas cosas que tiene uno que aprender de joven que es cuando es uno capaz de aprender cualquier cosa.

El señor N'Da Amédée llevaba en la corbata un diamante que brillaba mucho. La señora Rosa decía que era auténtico, que no era falso, como se podía creer porque hay que desconfiar siempre. El abuelo materno de la señora Rosa era del ramo y ella había heredado ciertos conocimientos. El diamante quedaba debajo de la cara del señor N'Da Amédée que brillaba también pero de modo distinto. La señora Rosa nunca se acordaba de lo que había puesto en la última carta para los padres de África, pero no importaba y decía que cuanto menos se tiene, más se quiere creer. Y el señor N'Da Amédée tampoco era complicado y mientras sus padres estuvieran contentos, todo le era igual. A veces se olvidaba de ellos y decía lo que era y todo lo que esperaba ser y más. Nunca vi a nadie que pudiera hablar de sí mismo de aquel modo, como si lo que decía fuera posible. Gritaba que todos le respetaban y que él era el rey. "¡Soy el rey!", gritaba, y la señora Rosa lo ponía en la carta, con los puentes, las presas y demás. Después me decía que el señor N'Da Amédée estaba *michugué* que en judío quiere decir chiflado, y que era peligroso y había que seguirle la corriente para no tener líos. Al parecer, había matado a varios hombres, pero todos negros y los negros no tienen identidad, porque no son franceses como los negros norteamericanos y la Policía no se interesa más que por los que tienen una existencia. Cualquier día tropezaría con argelinos o con corsos y entonces ella tendría que escribir a sus padres una de esas cartas que no hacen gracia a nadie. No vayan a figurarse que los proxenetas no tienen también sus problemas como todo el mundo.

El señor N'Da Amédée venía siempre con dos guardaespaldas, porque no estaba muy seguro y necesitaba protegerse. Aquellos guardaespaldas tenían una pinta como para darles la comunión sin confesión, de lo que imponían. Uno era boxeador y había recibido tantos golpes en la jeta que todo se le había salido de su sitio. Tenía un ojo que no estaba a la altura, una nariz aplastante y unas cejas partidas por las interrupciones arbitrales del combate en el arco ciliar. El otro ojo tampoco estaba muy bien puesto, como si el golpe que le habían dado en uno hubiera hecho salir el otro. Pero tenía unos puños y, más todavía, unos brazos de aquí te espero. La señora Rosa me había dicho que cuando se sueña mucho se crece más de prisa. Bueno, los puños del tal señor Boro habrían estado soñando sin parar. Eran enormes.

El otro guardaespaldas tenía la cara intacta, pero era una lástima. A mí no me gusta la gente que tiene una cara que siempre está cambiando, como si se le escurriera por todas partes y que no tiene la misma expresión dos veces seguidas. A éstos se les llama hipócritas. Desde luego, sus motivos tendría, pero ¿quién no los tiene? Todo el mundo querría esconderse, pero yo les juro que aquel hombre tenía un aire tan falsificado que ponía los pelos de punta pensar lo que debía de estar ocultando. ¿Entienden lo que quiero decir? Y encima siempre estaba sonriéndome. No es verdad que los negros se coman a los niños, eso son cuentos de la China, pero a mí me parecía que al verme se le abría el apetito y, de todos modos, en África eran caníbales, y eso no hay quien se lo quite. Cuando yo pasaba por su lado, me cogía, me sentaba en sus rodillas y me decía que tenía un niño de mi edad y que le había comprado un sombrero y un revólver de cowboy, como los que a mí me gustaban. Un asco. Quizá tuviera algo bueno, como todo el mundo si se busca bien, pero a mí me ponía malo, con aquellos ojos que nunca iban por el mismo camino dos veces seguidas. Él debía figurárselo, porque un día hasta me llevó cacahuetes para disimular. Pero los cacahuetes no quieren decir nada. Un franco, todo comprendido. Si creía que con esto iba a hacer un amigo se equivocaba, créanme. Cuento este detalle porque fue en circunstancias ajenas a mi voluntad como tuve otro ataque de violencia.

El señor N'Da Amédée iba siempre a hacer su dictado en domingo. Ese día las mujeres no se defienden, es la tregua de los confiteros, y siempre había en casa una o dos que iban a buscar al crío para llevarlo a respirar al parque o a comer por ahí. Yo puedo asegurarles que las mujeres que se defienden pueden ser las mejores madres del mundo porque eso las hace pensar en otra cosa que no sean los clientes y un crío siempre es algo que da un porvenir. También las hay que los dejan y si te he visto no me acuerdo, pero eso no quiere decir que no estén muertas ni tengan excusas. Muchas no volvían a traer al niño hasta el día siguiente a mediodía para tenerlo a su lado el mayor tiempo posible antes de volver al trabajo. Aquel día en casa no estábamos más que los fijos, es decir, yo y Banania que no pagaba desde hacía un año, pero que seguía tan fresco. Moisés se había ido de prueba con una familia judía que quería asegurarse de que no tenía nada hereditario, como ya he tenido el honor de explicarles, porque esto es lo primero que hay que ver antes de encariñarse con un chico, si no se quiere tener un disgusto. El doctor Katz le había hecho un certificado, pero aquella gente quería estar segura. Banania estaba más contento que de costumbre porque había descubierto que tenía pirulí y aquello era lo primero que le había pasado en la vida. Yo me dedicaba a aprender cosas que no entendía, pero que el señor Hamil me las había escrito de su puño y letra y esto no tenía importancia. Aún puedo recitárselas, porque sé que a él le gustaría: *Elli habb allah la ibri ghirhu suhan ad addaim lâ iazul...* Quiere decir que el que ama a Dios no ama más que a Él. Yo quería algo más, pero el señor Hamil me hacía estudiar mi religión porque, aunque me quedara en Francia hasta la hora de mi muerte como el mismo señor Hamil, debía recordar siempre que tenía un país y vale más eso que nada. Mi país debía de ser algo así como Marruecos o Argelia, aunque yo no figurase en ningún sitio desde el punto de vista documental. La señora Rosa estaba segura de esto y no me educaba como árabe por gusto. Decía también que esto no contaba para ella, que todos éramos iguales si estábamos en la mierda y que si los judíos y los árabes se atizaban no era porque los judíos y los árabes fueran distintos de los demás, sino que eso lo hacía precisamente la fraternidad, excepto quizás entre los alemanes, donde era todavía peor. Olvidaba decirles que la señora Rosa tenía un gran retrato del señor Hitler debajo de la cama y cuando se sentía desgraciada y no sabía a qué santo encomendarse, sacaba el retrato, lo miraba y en seguida se sentía mejor. Algo es algo.

Puedo decir en descargo de la señora Rosa como judía que era una santa. Desde luego, siempre nos daba de comer lo más barato y conmigo se ponía muy pesada con lo del ramadán. Veinte días sin comer, figúrense, para ella era una ganga, de modo que cuando llegaba el ramadán ella se ponía con aires de triunfo y yo me quedaba sin el *gefillte, fisch* que ella preparaba. Mucho respeto para las creencias de los demás, pero ella, la muy zorra, comía jamón. Y cuando yo le decía que aquello del jamón no estaba bien, se reía sin dar explicaciones. Yo no podía impedir que se saliera con la suya durante el ramadán y tenía que robar algo en los mostradores de las tiendas en un barrio donde no sabían que era árabe.

Como les decía, era domingo y la señora Rosa se había pasado la mañana llorando. Tenía días en los que no hacía más que llorar sin más ni más. Entonces era mejor no marearla, porque aquéllos eran sus mejores momentos. También recuerdo que aquella mañana el vietnamita había recibido unos azotes porque siempre estaba escondiéndose cuando llamaban a la puerta. En los tres años que llevaba sin tener a nadie, había cambiado de familia veinte veces y ya empezaba a estar harto. No sé qué habrá sido de él, un día voy a ir a verlo. Por lo demás, a nadie le hacía gracia oír sonar el timbre porque todos temíamos que fuera una inspección de la Asistencia Pública. La señora Rosa tenía todos los papeles falsos que pudiera necesitar, se los hacía un judío amigo suyo que no se dedicaba a otra cosa desde que había vuelto vivo de Alemania. Además, no recuerdo si ya lo he dicho, pero también la protegía un comisario de Policía al que ella había criado mientras la madre decía que hacía de peluquera en provincias, pero nunca faltan los envidiosos y ella temía que la denunciaran. Además, el timbre de la puerta la había despertado una vez a las seis de la mañana y se la habían llevado a un velódromo y, de allí a los hogares judíos de Alemania. Así estábamos cuando llegó el señor N'Da Amédée con sus dos guardaespaldas, a lo de la carta, con el cara de hipócrita al que nadie podía tragar. No sé por qué le había tomado tanta ojeriza. Sería porque yo tenía nueve o diez años y, como todo el mundo, necesitaba tener alguien a quien odiar.

El señor N'Da Amédée había puesto un pie encima de la cama y fumaba un gran cigarro que lo llenaba todo de ceniza, sin reparar en gastos. De entrada, quería decir a sus padres que pensaba regresar pronto a Nigeria para vivir como un señor. Ahora me parece que él mismo lo creía así. Muchas veces me he dado cuenta de que la gente cree todo lo que dice, que lo necesita para poder vivir. No lo digo para dármelas de filósofo, sino porque lo creo realmente.

Olvidaba decirles que el comisario de Policía que era hijo de puta lo sabía todo y lo había perdonado todo. A veces iba a ver a la señora Rosa y le daba un beso con la condición de que ella tuviera la boca cerrada. Es lo que dice el señor Hamil, que bien está lo que bien acaba. Lo cuento para poner un poco de buen humor.

Mientras el señor N'Da Amédée hablaba, el guardaespaldas de la izquierda estaba sentado en una butaca limpiándose las uñas y el otro parecía distraído. Yo iba a salir a mear cuando el segundo, ése que les decía, me cogió y me sentó en sus rodillas. Se me quedó mirando, sonrió y hasta se echó el sombrero para atrás y me dijo más o menos:

—Tú me recuerdas a mi hijo, Momo. Ahora está de vacaciones con su mamá, en Niza. Vuelven mañana. Mañana es su cumpleaños y vamos a regalarle una bicicleta. Puedes ir a casa cuando quieras para jugar con él.

No sé lo que me pasó entonces, pero yo llevaba ya muchos años sin madre ni padre y, desde luego, sin bicicleta, y aquel tío me reventaba. Bueno, ya saben a lo que me refiero. En fin, *inch' Alá,* pero esto no es cierto, lo digo sólo porque soy buen musulmán. Aquello me puso malo, me dio muy fuerte, fue terrible. Me venía de dentro lo que es peor. Cuando viene de fuera, como los puntapiés en el trasero, uno puede largarse. Pero de dentro no se puede. Cuando me da el ataque quisiera marcharme para no volver. Es como si dentro de mí tuviera un habitante. Doy alaridos, me tiro al suelo, me golpeo la cabeza para salir, pero no es posible. No se tienen piernas, no se tienen piernas en el interior. Me hace bien hablar de ello. Es como si saliera un poco. ¿Entienden ustedes qué quiero decir?

Bueno, cuando me hube desahogado y ellos se fueron, la señora Rosa me llevó inmediatamente a casa del doctor Katz. Estaba medio muerta de miedo y le dijo que yo tenía todos los signos hereditarios y que era capaz de coger un cuchillo y matarla mientras dormía. No sé por qué, la señora Rosa siempre tenía miedo de que la mataran mientras dormía, como si eso pudiera quitarle el sueño. El doctor Katz se puso furioso y le dijo que yo era un pobre corderito y que si no le daba vergüenza decir estas cosas. Le prescribió unos tranquilizantes que sacó de un cajón y volvimos a casa cogidos de la mano. Me pareció que le pesaba haberme acusado por nada. Pero hay que comprenderla. La vida era lo único que le quedaba. La gente quiere la vida más que a nada y es hasta gracioso cuando piensa uno en todas las cosas bonitas que hay en el mundo.

Cuando llegamos a casa, la señora Rosa se dio un atracón de tranquilizantes y se pasó la noche con la mirada extraviada y una sonrisa de felicidad, porque no sentía nada. A mí nunca me dio tranquilizantes. Era una mujer excelente y eso puedo demostrarlo ahora mismo. La señora Sophie, que también tiene una pensión para hijos de puta en la calle Surcouf, o esa otra a la que llaman la condesa porque es viuda de un tal conde, en Barbés, han llegado a tener hasta diez criaturas a media pensión y lo primero que hacen es darles tranquilizantes. La señora Rosa lo sabía de buena tinta por una portuguesa africana que se defendía en la Truanderie y que sacó a su hijo de casa de la Condesa tan tranquilizado que el crío no se tenía de pie. Cada vez que lo levantaban, volvía a caerse y así hubieran podido estar horas. Pero en casa de la señora Rosa era todo lo contrario. Cuando había jaleo o los críos hacían el bestia, porque los hay, los tranquilizantes se los tomaba ella. Y entonces, por más que todos chillaran y se zumbaran, ella se quedaba tan fresca. Yo era el encargado de poner orden y esto me gustaba, porque me hacía sentirme superior. La señora Rosa se quedaba sentada en su butaca en medio de la habitación, con una bolsa de agua caliente en la barriga y nos miraba sonriente, con la cabeza ladeada. A veces, hasta nos saludaba con la mano como si fuésemos un tren que pasara por allí. En aquellos momentos no había nada que hacer y yo tomaba el mando para impedir que los chicos prendieran fuego a las cortinas, que son lo primero a lo que uno prende fuego cuando es joven.

Lo único que aún podía hacerla reaccionar cuando estaba tranquilizada, era que llamaran a la puerta. Tenía un miedo atroz a los alemanes. Es una vieja historia y ha salido en todos los periódicos, de manera que no voy a entrar en detalles, pero la señora Rosa nunca llegó a reponerse de aquello. A veces, aún creía que todo seguía igual, sobre todo por la noche. Era una persona que vivía de recuerdos. Ustedes pensarán que es una estupidez, que todo aquello ya está muerto y enterrado, pero los judíos son muy tozudos, y más cuando han sido exterminados. Ellos siempre dale que dale. Ella me hablaba mucho de los nazis y de la SS y yo siento haber nacido demasiado tarde para conocer a los nazis y a la SS con armas y bagajes. Y es que entonces, por lo menos, se sabía por qué. Ahora no se sabe.

Aquel miedo de la señora Rosa al timbre era la monda. El mejor momento era por la mañana temprano, cuando el día anda todavía de puntillas. Los alemanes madrugan mucho y la hora del día que más les gusta es el amanecer. Uno de nosotros se levantaba, salía al descansillo y tocaba el timbre. Un timbrazo largo, para meter prisa. ¡Qué juerga! Había que verlo. La señora Rosa pesaría ya sus buenos noventa y cinco kilos y pico. Pues bien, saltaba de la cama como una loca y se recorría medio piso sin parar. Nosotros nos hacíamos los dormidos. Cuando veía que no eran los nazis, se ponía furiosa y nos llamaba hijos de puta, y con razón. Se quedaba unos momentos con ojos de pasmo y los bigudíes en sus últimos cuatro pelos, como si creyera haberlo soñado, como si no hubiera timbre y aquello no viniera de fuera. Entonces a alguno se nos escapaba la risa y cuando ella se daba cuenta de que era una broma se ponía hecha una fiera o se echaba a llorar.

Yo creo que los judíos son personas como las demás, pero no hay que tomárselo a mal.

A veces no teníamos ni que levantarnos para tocar el timbre, pues la señora Rosa se lo hacía todo ella sola. Se despertaba bruscamente, se sentaba sobre sus posaderas que eran más grandes de lo que yo pudiera decirles y se quedaba escuchando. Luego saltaba de la cama, se ponía el chal malva que tanto le gustaba y corría hacia la puerta. Ni siquiera miraba si había alguien porque el timbre seguía sonándole dentro, que es donde más duele. Unas veces bajaba sólo unas cuantas escaleras o un piso y otras se iba hasta el sótano, como ya tuve el honor de verlo una vez. Al principio, creí que habría escondido algún tesoro en el sótano y que lo que la despertaba era el miedo a los ladrones. Yo siempre he soñado con tener un tesoro escondido en algún sitio, bien protegido de todos y que yo pudiera descubrir cuando quisiera. A mí me parece que el tesoro es lo mejor que puede haber cuando es bien tuyo y lo tienes bien seguro. Yo me había fijado en dónde ponía la señora Rosa la llave del sótano y un día bajé a ver. No encontré nada. Muebles, un orinal, sardinas, velas, lo que se necesitaba para alojar a una persona. Encendí una vela y miré bien, pero allí no había más que las paredes que enseñaban los dientes. Entonces oí un ruido y di un brinco, pero era sólo la señora Rosa. Estaba de pie en la puerta mirándome. No estaba enfadada, al contrario, parecía querer disculparse.

—No debes decírselo a nadie, Momo. Dame eso.

Alargó la mano y me cogió la llave.

—Señora Rosa, ¿qué es esto? ¿Por qué baja aquí todas las noches?

Ella se arregló las gafas y sonrió.

—Es mi segunda residencia, Momo. Anda, vamos.

Apagó la vela, me dio la mano y subimos al piso. Después se sentó en su butaca con una mano sobre el corazón. No podía subir los seis pisos sin quedar medio muerta.

—Júrame que nunca se lo dirás a nadie, Momo.

—Se lo juro, señora Rosa.

—*Jairem?*

Quiere decir lo juro en su lengua.

—*Jairem.*

Luego, mirando a lo lejos, murmuró:

—Es mi escondite judío, Momo.

—Ah, bueno, está bien.

—¿Lo comprendes?

—No, pero no importa. Estoy acostumbrado.

—Es donde me escondo cuando tengo miedo.

—¿Miedo de qué, señora Rosa?

—Para tener miedo no hacen falta motivos, Momo.

Nunca se me ha olvidado. Es la verdad más grande que he oído en mi vida.

Yo iba muchas veces a sentarme en la sala de espera del doctor Katz, porque la señora Rosa decía siempre que aquel hombre hacía mucho bien. Pero yo no sentía nada. Será que no me quedaba bastante tiempo. Ya sé que en el mundo hay mucha gente que hace bien, pero no está haciéndolo siempre y hay que saber elegir el momento. Los milagros no existen. Al principio, el doctor Katz salía y me preguntaba si estaba enfermo, pero después se acostumbró a verme allí y me dejaba tranquilo. Por otra parte, también los dentistas tienen salas de espera y sólo curan los dientes. La señora Rosa decía que el doctor Katz era de medicina general y era verdad, pues en su casa había de todo, judíos, desde luego, como en todas partes, norteafricanos por no decir árabes, negros y toda clase de enfermedades. Había seguramente muchas enfermedades venéreas a causa de los trabajadores inmigrantes que las pillan antes de llegar a Francia para beneficiarse de la Seguridad Social. Las enfermedades venéreas no son contagiosas en público y el doctor Katz las aceptaba, pero nadie tenía derecho a ir con una difteria, una escarlatina o un sarampión que son porquerías que tiene uno que guardarse en casa. Pero como los padres no siempre sabían lo que era, allí cogí yo un par de gripes y una tos ferina que no eran para mí. Pero siempre volvía. Me gustaba sentarme en una sala de espera a esperar, y cuando se abría la puerta del despacho y salía el doctor Katz, todo de blanco y me acariciaba el pelo, yo me sentía mejor, y al fin y al cabo para eso está la Medicina.

La señora Rosa se preocupaba mucho por mi salud. Decía que tenía trastornos de precocidad y eso que ella llamaba el enemigo del género humano me aumentaba varias veces al día. Su mayor preocupación, aparte la precocidad, eran los tíos y las tías cuando los verdaderos padres morían en accidente de automóvil y los otros no querían hacerse cargo de los chicos ni darlos a la Asistencia Pública, como si en aquel barrio no hubiera corazón. Y entonces venían a casa, sobre todo si el crío estaba pasmado. La señora Rosa decía que un niño estaba pasmado cuando tenía pasmo, como el nombre indica. Quiere decir que no quería saber nada de la vida y se ponía raro. Es lo peor que puede pasarle a un crío, dejando aparte todo lo demás.

Cuando traían a un niño para unos días o una semana, la señora Rosa lo examinaba en todos los aspectos, pero sobre todo para ver si estaba pasmado. Le hacía muecas para asustarlo o se ponía un guante en el que cada dedo era un polichinela, que es algo que hace reír a todos los niños que no están pasmados, pero que a los otros los deja fríos, como si no fuesen de este mundo y por eso se dice que son raros. La señora Rosa no podía aceptarlos, porque dan mucho trabajo y ella no tenía mano de obra. Un día, una marroquí que se defendía en una casa de la Goutte d'Or le dejó un crío pasmado y luego se murió sin dejar señas. La señora Rosa tuvo que entregar el niño a un organismo con papeles falsos para demostrar que existía. Aquello la puso enferma, pues no hay nada más triste que un organismo.

Hasta con los críos sanos había peligro. No se puede obligar a unos padres desconocidos a que se queden otra vez con su hijo si no hay pruebas legales contra ellos. Las madres desnaturalizadas son lo peor. La señora Rosa decía que la ley es mejor entre los animales y que para la gente puede ser hasta peligroso adoptar un niño. Si después su verdadera madre quiere jorobarle al ver que la criatura es feliz, tiene a la ley de su parte. Por eso los papeles falsos son lo mejor del mundo y si una guarra se entera al cabo de dos años de que su hijo es feliz en casa de los demás y quiere recuperarlo para perturbarlo, si se le han hecho papeles falsos en regla, nunca podrá dar con él por más que busque.

La señora Rosa decía que entre los animales es mucho mejor que entre las personas, porque ellos tienen la ley de la Naturaleza, sobre todo las leonas. Siempre estaba alabando a las leonas. Por las noches, antes de dormirme, yo hacía sonar el timbre de la puerta y era una leona que quería entrar para defender a sus cachorros. La señora Rosa decía que las leonas son célebres por eso y que se dejarían matar antes que retroceder. Es la ley de la selva y si la leona no defendiera a sus cachorros, nadie se fiaría de ella.

Yo hacía venir a mi leona casi todas las noches. Entraba, saltaba sobre la cama y nos lamía la cara a todos, porque los demás también la necesitaban y yo, como era el mayor, tenía que ocuparme de todos. Sin embargo, a los leones se les ha dado mala fama porque tienen que comer como todo el mundo, y cuando yo les decía a los otros que iba a entrar la leona todos empezaban a llorar, hasta Banania, a pesar de que bien sabe Dios que se reía de todo a causa de su proverbial buen humor. Yo quería a Banania que se fue a casa de unos franceses que tenían sitio y un día pienso ir a verle.

Por fin, la señora Rosa se enteró de que yo hacía venir una leona mientras ella dormía. Ella sabía que no era verdad, que lo único que yo hacía era soñar con las leyes de la Naturaleza, pero ella tenía un sistema cada vez más nervioso y la idea de que hubiera fieras salvajes en el piso le daba terrores nocturnos. A veces se despertaba gritando porque lo que para mí era un sueño para ella era una pesadilla. Porque, ya lo decía ella, con la edad, los sueños se convierten en pesadillas. Y así cada uno se imaginaba una leona completamente distinta, pero, ¿qué quieren ustedes?

Yo no tengo ni idea de lo que podía soñar la señora Rosa, en general. No veo de qué sirve soñar para atrás y, a su edad, ya no podía soñar para delante. Tal vez soñaba con su juventud cuando era joven y aún no tenía salud. No sé lo que sus padres hacían pero lo que fuese era en Polonia. Allí había empezado ella a defenderse y después en París, en la calle de Fourcy, calle de Blondel, calle de Cygnes y un poco por todas partes. Más adelante, hizo Marruecos y Argelia. Hablaba el árabe muy bien, sin prejuicios. Había estado hasta en la Legión Extranjera, en Sidi Bel Abbès, pero cuando volvió a Francia empezaron a irle mal las cosas, porque quiso conocer el amor y el tío le quitó todos sus ahorros y la denunció por judía a la Policía francesa. Aquí siempre se paraba y decía: "Entonces todo acabó", y sonreía porque éste era para ella un buen momento.

Cuando volvió de Alemania, todavía siguió defendiéndose unos cuantos años, pero después de los cincuenta empezó a engordar y ya no estaba apetitosa. Ella sabía que las mujeres que se defienden tienen muchas dificultades para conservar con ellas sus hijos y se le ocurrió abrir una pensión para críos nacidos de través. A esto le llamamos nosotros un "clandé". Tuvo la suerte de criar allí a un comisario de Policía que era hijo de puta y que la protegía, pero ella tenía ya sesenta y cinco años y no podía hacerse ilusiones. Lo que más miedo le daba era el cáncer, que es algo que no perdona. Yo la veía cada vez peor y a veces nos quedábamos mirándonos en silencio y los dos sentíamos miedo, pues no tenía uno en el mundo más que eso. De modo que lo único que le faltaba en su estado era una leona suelta por el piso. Bueno, yo me las compuse para que no se notara. Me quedaba con los ojos abiertos en la oscuridad y la leona entraba, se acostaba a mi lado y me lamía la cara sin decir nada a nadie. Cuando la señora Rosa se despertaba asustada y encendía la luz me encontraba en la cama tan tranquilo. Pero ella tenía que mirar debajo de las camas y hasta tenía gracia, ya que lo único en el mundo que no podía ocurrirle era ser atacada por un león, pues en París no los hay y las fieras salvajes sólo están en la Naturaleza.

Fue entonces cuando empecé a darme cuenta de que estaba un poco trastornada. Había pasado muchos sufrimientos y ahora tenía que pagar, porque en la vida todo se paga. Hasta me llevó a casa del doctor Katz y le dijo que yo le llenaba la casa de fieras salvajes y que aquello seguramente era una señal. Yo comprendía que ella y el doctor Katz sabían algo de lo que no querían hablar delante de mí, pero no podía figurarme lo que era ni por qué tenía miedo la señora Rosa.

—Doctor, este chico va a cometer actos de violencia, estoy segura.

—No diga tonterías, señora Rosa. No tiene nada que temer. Nuestro pequeño Momo es un romántico. Esto no es una enfermedad, aunque lo más difícil de curar no son las enfermedades, se lo dice un viejo médico.

—Entonces, ¿por qué tiene siempre la cabeza llena de leones?

—En primer lugar, no es un león, sino una leona.

El doctor sonrió y me dio un caramelo de menta.

—Una leona —prosiguió—. ¿Y qué hacen las leonas? Defienden a sus cachorros...

La señora Rosa suspiró.

—Ya sabe usted, doctor, qué es lo que me da miedo.

—¡Cállese! —El doctor Katz se puso colorado de tanto como se enfadó—. Es una ignorante que no sabe nada de estas cosas y se imagina sabe Dios qué. Eso son supersticiones de otros tiempos. Se lo he repetido mil veces y le agradeceré que se calle.

Iba a seguir hablando, pero me miró, se levantó y me hizo salir, por lo que tuve que seguir escuchando pegado a la puerta.

—Doctor, ¡me da tanto miedo que sea hereditario!

—Vamos, señora Rosa, ya basta. En primer lugar, ni siquiera sabe quién era su padre, con la vida que llevaba esa pobrecilla. De todos modos, ya le he explicado que eso no quiere decir nada. Entran en juego otros mil factores. Pero lo cierto es que es una criatura muy sensible y que necesita cariño.

—Pero yo no puedo lamerle la cara todas las noches, doctor. ¿De dónde sacará esas ideas? ¿Y por qué no lo quisieron en la escuela?

—Porque le hizo usted un certificado de nacimiento que no guardaba la menor relación con su verdadera edad. ¡Ya debe usted de quererle!

—Tengo miedo de que me lo quiten. Aunque nadie podría demostrar nada. Yo pongo los datos en cualquier pedazo de papel o los guardo en la memoria, porque las chicas siempre tienen miedo de que eso se sepa. Las prostitutas de malas costumbres no tienen derecho a educar a sus hijos a causa de la inhabilitación paterna. Con eso se las puede manejar y hacer cantar durante años. Ellas pasan por todo con tal de no perder al crío. Hay proxenetas que son unos verdaderos chulos. Y es que ya no hay quien haga su trabajo como es debido.

—Es usted una buena mujer, señora Rosa. Le recetaré un tranquilizante.

Yo no me había enterado de nada. Ahora estaba más seguro que nunca de que la judía me ocultaba algo, pero tampoco tenía ganas de saber qué era. Cuanto más se sabe, peor. Mi amigo mahoute que también era hijo de puta, decía que en nosotros el misterio era lo normal, a causa de la ley de los grandes números. Decía que una mujer que hace bien las cosas, cuando tiene un accidente de nacimiento y decide seguir adelante está siempre amenazada de investigación administrativa y que no hay nada peor que eso. En nuestro caso, la madre es siempre la que está más expuesta, ya que el padre está protegido por la ley de los grandes números.

La señora Rosa guardaba en el fondo de una maleta un papel que decía: "Mohamed, tres kilos de patatas, una libra de zanahorias, cien gramos de mantequilla, un fisch, trescientos francos, a educar en la religión musulmana." También había una fecha, pero era la del día en que me tomó en depósito, no la de mi nacimiento.

Yo me encargaba de los otros críos, sobre todo de limpiarlos, pues la señora Rosa no podía agacharse a causa de su peso. No tenía cintura y las nalgas le llegaban directamente a los hombros, sin parar. Cuando andaba era como un traslado.

Los sábados por la tarde se ponía su vestido azul, un renard, unos pendientes, se pintaba más que de costumbre e iba a sentarse en un café francés, "La Coupole", en Montparnasse, donde se comía un pastel.

Yo nunca limpié a un crío de más de cuatro años, pues tenía mi dignidad y los había que se ciscaban adrede. Conozco el paño y como quien juega les enseñaba a limpiarse los unos a los otros, diciendo que así era más divertido que ir cada cual a lo suyo. Resultaba muy bien y la señora Rosa me felicitó y me dijo que ya empezaba a defenderme. Yo no jugaba con los otros, que eran demasiado pequeños para mí, como no fuera a ver quién tenía el pirulí más grande y la señora Rosa se ponía furiosa porque el pirulí le daba escalofríos por todo lo que había tenido que ver en esta vida. Por las noches, seguía teniendo miedo de los leones y hasta parece mentira que, con la de causas justificadas que hay para tener miedo, alguien la tome con los leones.

La señora Rosa andaba floja del corazón y yo era quien hacía la compra para ahorrarle la escalera. Porque la escalera era para ella lo peor del mundo. Cada vez silbaba más al respirar y yo también tenía asma por ella. El doctor Katz decía que no hay nada tan contagioso como la psicología. Es algo que todavía no se ha descubierto. Por las mañanas, cuando veía que la señora Rosa se despertaba, me llevaba una alegría, porque yo también tenía terrores nocturnos y un miedo atroz de encontrarme sin ella.

El mejor amigo que yo tenía entonces era un paraguas llamado *Arthur* al que había vestido de pies a cabeza. Le hice una cabeza con un trapo verde enrollado en el mango y con la barra de labios de la señora Rosa le pinté una cara simpática, con una boca que se reía y unos ojos redondos. No era tanto para tener alguien a quien querer como para hacer el payaso, pues como no tenía dinero para mis gastos, a veces me iba a buscarlo a los barrios franceses donde lo hay. Yo, con un abrigo enorme que me llegaba a los talones, un sombrero hongo y la cara pintarrajeada, y *Arthur* con aquella pinta, hacíamos una pareja fenómeno. Yo me sacaba hasta veinte francos al día haciendo el indio por las aceras, pero había que tener cuidado, pues la Policía anda siempre al acecho de los menores en libertad. *Arthur* tenía, como es de suponer, una sola pierna, con una zapatilla de baloncesto azul y blanca, un pantalón, una americana de cuadros en una percha sujeta con alambres y un sombrero cosido en la cabeza. Pedí al señor N'Da Amédée que me prestara algo de ropa para mi paraguas y ¿saben ustedes lo que hizo? Me llevó al "Pull d'Or" del bulevar de Belleville, que es de lo más elegante, y me dejó escoger. No sé si en África serán todos como él, pero si es así no debe faltarles de nada.

Cuando hacía mi número en la acera, me contoneaba, bailaba con *Arthur* y recogía la pasta. Había personas que se ponían furiosas y decían que no había derecho a tratar a una criatura de este modo. No sé quién me trataba. Otras se ponían tristes. Es curioso, porque yo lo hacía para reír.

De vez en cuando, *Arthur* se rompía y tuve que clavarle la percha con un clavo para que tuviera hombros, pero se quedó con una pernera del pantalón vacía, que es lo normal en un paraguas. El señor Hamil no lo veía bien, decía que *Arthur* parecía un fetiche y que esto va contra nuestra religión. Yo no soy creyente, pero es verdad que cuando uno tiene un chisme raro que no se parece a nada empieza a esperar que pueda hacer algo. Yo dormía abrazado a *Arthur* y por la mañana iba a ver si la señora Rosa aún respiraba.

Yo nunca estuve en una iglesia, porque eso va contra la verdadera religión y lo que menos quería yo era liarme con estas cosas, pero sé que a los cristianos les costó un ojo de la cara tener un Cristo y a nosotros nos está prohibido representar la figura humana para no ofender a Dios, lo que se comprende perfectamente, ya que no hay de qué alabarse. De manera que le borré la cara a *Arthur,* dejándole sólo una bola verde, como de miedo, y quedé en paz con mi religión. Un día que tenía la Policía en los talones por haber provocado una aglomeración haciendo el payaso, *Arthur* se me cayó al suelo y se dispersó en todas las direcciones, sombrero, zapato, percha, americana y demás. Yo conseguí recogerlo a él, pero desnudo como vino al mundo. Pues bien, la señora Rosa que no decía nada cuando yo dormía con *Arthur* estando vestido, puso el grito en el cielo cuando quise llevármelo a la cama sin sus ropas, diciendo que a quién se le ocurre dormir con un paraguas. Cualquiera lo entiende.

Tenía algo de dinero ahorrado y volví a equipar a *Arthur* en el "Marché aux Puces", donde tienen cosas que no están mal.

Pero entonces empezaron los disgustos.

Mis giros que últimamente habían estado llegando con irregularidad, saltándose algunos meses, pero llegaban, se acabaron de golpe. Dos meses, tres y nada. Cuatro. Entonces le dije a la señora Rosa, sintiéndolo tanto que hasta me temblaba la voz:

—No tenga miedo, señora Rosa. Puede estar segura de que no voy a dejarla plantada sólo porque ya no reciba dinero.

Y cogí a *Arthur* y fui a sentarme en la acera, para no llorar delante de todo el mundo.

Porque hay que decir que estábamos en un buen aprieto. A la señora Rosa iba a llegarle pronto el límite de edad y ella lo sabía. La escalera con sus seis pisos se había convertido en su enemigo público número uno. Un día la mataría, estaba segura. Yo sabía que no valía la pena matarla, no había más que verla. Tenía unos pechos, un vientre y unas caderas que ya ni se distinguían, como una cuba. Cada vez teníamos menos críos a pensión, pues las chicas ya no se fiaban de la señora Rosa por su estado. Comprendían que no estaba para cuidar a nadie y preferían pagar más en casa de la señora Sophie o de mamá Aisha, en la calle d'Alger. Ganaban mucho y tenían la vida fácil. Las putas que la señora Rosa conocía personalmente, habían desaparecido ya por el cambio de generación. Como nadie la recomendaba, su reputación se iba perdiendo. Cuando todavía podía con sus piernas, se iba por los cafés de Pigalle y al mercado donde se defendían las chicas y se hacía propaganda, elogiando la calidad del alojamiento, la cocina culinaria y demás. Ahora ya no podía. Sus amigas habían desaparecido y ya no tenía referencias. Además, estaba la píldora legal para la protección de la infancia. Ahora había que quererlo verdaderamente. Cuando una tenía un crío, no había excusa, sabía lo que se le hacía.

Yo tenía ya unos diez años y me tocaba a mí ayudar a la señora Rosa. También tenía que pensar en mi futuro, pues si me quedaba solo tendría que ir a parar a la Asistencia Pública sin remedio. No podía dormir pensando en ello y me pasaba las noches vigilando a la señora Rosa para ver si se moría.

Traté de defenderme. Me peinaba bien, me ponía perfume de la señora Rosa detrás de las orejas como hacía ella, y por las tardes me iba con *Arthur* a la calle Pigalle o a la calle Blanche, que también está bien. Allí siempre hay mujeres que se defienden durante todo el día y algunas se me acercaban y decían:

—¡Qué chico más guapo! ¿Trabaja por aquí tu mamá?

—No, todavía no tengo a nadie.

Me invitaban a una menta en el café de la calle Macé. Pero tenía que andarme con ojo, pues la Policía anda siempre detrás de los proxenetas, y ellas también ya que no tienen derecho a echar el gancho. Siempre me hacían las mismas preguntas.

—¿Cuántos años tienes, guapo?

—Diez.

—¿Tienes mamá?

Yo les decía que no y lo sentía por la señora Rosa, pero ¡qué se le va a hacer! Había una sobre todo que estaba siempre muy cariñosa y de vez en cuando me metía un billete en el bolsillo al pasar. Llevaba minifalda y botas altas y era más joven que la señora Rosa. Tenía unos ojos muy dulces y una vez, después de mirar bien, me cogió de la mano y nos fuimos a un café que ya no existe porque le echaron una bomba, el "Panier".

—No estés ahí en la acera. No es lugar para un niño.

Me acariciaba el pelo para arreglármelo, pero yo sabía que era para acariciarme.

—¿Cómo te llamas?

—Momo.

—¿Dónde están tus padres, Momo?

—No tengo a nadie. ¿Qué se había figurado? Soy libre.

—Pero alguien te cuidará.

Yo seguía chupando mi naranjada, pues hay que andar con ojo.

—Podría hablar con ellos. Me gustaría ocuparme de ti. Te pondría en un estudio, estarías como un rey, no te faltaría nada.

—Ya veremos.

Terminé la naranjada y bajé del taburete.

—Toma, tesoro, para caramelos.

Me puso un billete en el bolsillo. Cien francos. Tal como tengo el honor de decirles.

Volví dos o tres veces y ella siempre me sonreía, pero desde lejos, tristemente, porque no era para ella.

Por mala pata, la cajera del "Panier" era amiga de la señora Rosa de cuando las dos se defendían juntas y se lo contó a la vieja. ¡La que se armó! Nunca había visto a la judía de aquella manera. "¡Yo no te he criado para eso!", decía llorando. Lo repitió tres veces. Tuve que jurarle que no volvería por allí y que nunca sería proxeneta. Me dijo que todos eran unos chulos y que prefería morirse. Pero yo no veía qué otra cosa podía hacer con diez años.

Lo que a mí siempre me ha llamado la atención es que las lágrimas estén en el programa. Quiero decir que hayamos sido equipados para llorar. Había que pensarlo. Esto no lo hace un constructor que se respete.

Los giros seguían sin llegar y la señora Rosa empezó a echar mano de la Caja de Ahorros. Tenía guardado algún dinero para la vejez, pero ahora sabía que ya no duraría mucho. No tenía cáncer, pero ella se deterioraba rápidamente. Hasta me habló por primera vez de mi madre y de mi padre, porque parece que eran dos. Fueron a dejarme una noche y mi madre se echó a llorar y salió corriendo. La señora Rosa me inscribió como Mohamed, musulmán, y les prometió que me trataría a cuerpo de rey. Después... La señora Rosa no sabía más, pero no me miraba a los ojos cuando lo decía. Yo no sabía qué era lo que ella me ocultaba, pero por la noche tenía miedo. Nunca conseguí sonsacarla, ni siquiera cuando dejaron de llegar los giros y ella no tenía por qué guardarme consideraciones. Lo único que sabía era que tenía un padre y una madre, porque en esto la Naturaleza no tiene vuelta de hoja. Pero nunca iban a verme y la señora Rosa ponía cara de culpable y se callaba. Desde ahora les digo que nunca he visto a mi madre, no quiero que se hagan ilusiones. Un día en que me puse muy pesado, la señora Rosa inventó un cuento tan tonto que daba risa.

—A mí me parece que tu madre tenía prejuicios burgueses porque era de buena familia. No quería que tú supieras a qué se dedicaba. Por eso se marchó, con el corazón destrozado, para no volver más porque el prejuicio te hubiera producido un choque traumático, como exige la medicina.

Y se echó a llorar. Hay que ver lo que le gustaban los cuentos. Creo que el doctor Katz tenía razón. Cuando se lo conté, él me dijo que las putas son muy sentimentales. Y lo mismo el señor Hamil, que ha leído a Víctor Hugo y ha vivido más que cualquier persona de su edad y que me explicó sonriendo que las cosas no son blancas ni negras y que en lo blanco se esconde lo negro y en lo negro puede haber blanco. Y aún añadió, mirando al señor Driss que acababa de servirle un té de menta: "Se lo digo por experiencia." El señor Hamil es un gran hombre, pero las circunstancias no le han dejado serlo del todo.

Mis giros llevaban meses sin llegar y de Banania la señora Rosa no había vuelto a cobrar desde que se lo trajeron a casa y ella pidió dos meses por adelantado. Banania iba ya a cumplir cuatro años gratis, pero él estaba tan campante, igual que si pagara. La señora Rosa pudo encontrarle una familia, porque aquel chiquillo siempre tuvo suerte. Moisés seguía en observación, en casa de una familia que llevaba seis meses observándolo porque querían asegurarse de que era de buena calidad y no tenía ataques de violencia ni de epilepsia. Lo que más miedo les da a las familias que adoptan a un crío son los ataques de violencia. Es lo primero que tiene que evitar el que quiera que alguien lo adopte. Con los chiquillos a media pensión y para alimentar a la señora Rosa necesitábamos mil doscientos francos al mes, sin contar las medicinas y que no nos fiaban. No podíamos alimentarla a ella sola por menos de quince francos al día sin hacer disparates, ni aun haciéndola adelgazar. Recuerdo que se lo dije sin tapujos: "Hay que comer menos para adelgazar, pero esto es muy duro para una vieja que está sola en el mundo. Necesita más cantidad de sí misma que los demás. Cuando uno no tiene al lado a nadie que le quiera, empieza a criar grasa." Volví a ir a Pigalle, donde estaba Maryse, la señora que se había enamorado de mí porque era todavía un niño. Pero yo tenía un miedo atroz, porque a los proxenetas los llevan a la cárcel y teníamos que vernos a escondidas. Yo la esperaba en un portal y ella venía, me daba un beso, se agachaba, decía cuánto le gustaría tener un hijo como yo, y me soltaba el precio de la pasada. También me aprovechaba de Banania para mangar en las tiendas. Yo lo dejaba solo con aquella sonrisa que desarmaba y todos le hacían corro por los sentimientos emocionados y tiernos que inspiraba. Cuando tienen cuatro o cinco años, los negros son bien tolerados. A veces, lo pellizcaba para que llorase y, mientras la gente se ocupaba de él, yo arramblaba con cosas para comer. Yo tenía un abrigo que me llegaba hasta los talones, con unos bolsillos como una casa que me había cosido la señora Rosa y era visto y no visto. Y es que el hambre no perdona. Para salir, cogía en brazos a Banania y me colocaba detrás de alguna buena mujer que estuviera pagando y todos creían que íbamos con ella, mientras Banania hacía la puta. Los niños están muy bien vistos cuando todavía no son peligrosos. Yo mismo recibía palabras cariñosas y sonrisas. Porque la gente siempre se siente tranquila al ver un crío que aún no tiene edad de ser un granuja. Tengo el pelo castaño, los ojos azules y no tengo la nariz judía como los árabes. Podría ser cualquiera sin necesidad de cambiar de cara.

La señora Rosa comía menos. Esto era bueno para ella y para nosotros. Además, teníamos más críos que nunca. Era la temporada buena y la gente se iba de vacaciones. Nunca estuve más contento de limpiar culos, pues aquello hacía hervir el puchero y cuando me llenaba los dedos de mierda ni siquiera sentía la injusticia.

Desgraciadamente la señora Rosa estaba sufriendo modificaciones a causa de las leyes naturales que se le echaban encima por todas partes: las piernas, los ojos, los órganos conocidos como corazón, hígado, arterias y todo lo que puede encontrarse en las personas muy gastadas. Y, como no había ascensor, a veces se quedaba atascada entre dos pisos y todos teníamos que bajar a empujar, hasta Banania, que empezaba a despertar a la vida y a comprender que le interesaba defender su bistec.

En la persona, las piezas más importantes son el corazón y la cabeza y son también las que más caras se pagan. Si el corazón se para, no se puede seguir como si tal cosa y si la cabeza se va y deja de funcionar, se pierden todas las atribuciones y se deja de disfrutar de la vida. A mí me parece que a vivir se tiene que empezar muy joven, pues luego uno se desvaloriza y nadie le da nada.

A veces, yo llevaba a la señora Rosa cosas inútiles que no sirven para nada, pero que dan gusto porque nadie las quiere y las han tirado. Por ejemplo, hay personas que llevan flores a casa porque hay un cumpleaños o para alegrar la vista y cuando se marchitan las tiran a la basura. Entonces, si se madruga pueden recuperarse y ésta era mi especialidad, lo que se llama los detritos. A veces, las flores conservan un poco de color y todavía viven. Yo hacía ramos, sin preocuparme de la edad, y se los llevaba a la señora Rosa que los ponía en jarrones sin agua, porque ya daba igual. O mangaba brazadas de mimosas en los carros del mercado de Les Halles y las llevaba a casa para que oliera un poco a felicidad. Por el camino, soñaba con las batallas de flores de Niza y con los bosques de mimosas que rodean aquella ciudad blanca que el señor Hamil había conocido cuando era joven y de la que me hablaba de vez en cuando, aunque ya no era el mismo últimamente.

Él y yo casi siempre hablábamos en árabe, en judío o, delante de los extraños o cuando no queríamos que nos entendieran, en francés. La señora Rosa, en cambio, mezclaba todas las lenguas de su vida y a veces hasta me hablaba en polaco, que era su lengua más antigua, porque ya se sabe que a los viejos lo que más les queda es su juventud. Bueno, ella, aparte la escalera, todavía se defendía. Pero no todos los días estaba medianamente bien y había que ponerle inyecciones en la nalga. Era difícil encontrar una enfermera lo bastante joven para subir seis pisos y ninguna resultaba barata. Yo hice un trato con mi amigo mahoute que se inyectaba legalmente porque era diabético y su estado de salud se lo permitía. Era un buen tipo que se había hecho a sí mismo, pero muy negro y muy argelino. Vendía transistores y demás productos de sus robos y en sus ratos libres iba a hacerse desintoxicar a Marmottan, donde tenía entrada libre. Fue a casa a ponerle la inyección a la señora Rosa, pero por poco acaba mal porque se equivocó de ampolla y le largó a ella en el culo la ración de heroína que él se guardaba para el día en que acabara su desintoxicación.

Yo vi en seguida que allí pasaba algo raro, pues la judía nunca había estado tan encantada. Primero tuvo un gran asombro y después se sintió muy feliz. A mí hasta me dio miedo porque me parecía que no iba a volver, pues cualquiera hubiera dicho que estaba en el cielo. A mí que no me vengan con heroína. Los tipos que se inyectan se convierten en adictos a la felicidad y eso no perdona, ya que a la felicidad se la conoce por sus estados de fallo. Para inyectarse hace falta tener ganas de ser feliz y esto sólo puede ocurrírsele a un jilipollas como una casa. A mí nunca me ha dado por lo dulce y si algunas veces he fumado marihuana con los amigos ha sido por educación, a pesar de que es a los diez años cuando los mayores le enseñan a uno esas cosas. Y es que a mí la felicidad no me tira. Yo sigo prefiriendo la vida. La felicidad es una inmundicia y habría que darle un buen escarmiento. La felicidad no va conmigo. Yo nunca hice política, porque eso siempre beneficia a alguien, pero me parece que tendría que haber leyes que impidieran que la felicidad hiciera de las suyas. Yo sólo digo lo que pienso. Puede que me equivoque, pero yo nunca iría a inyectarme para ser feliz. Mierda. No voy a hablarle de la felicidad porque no quiero tener una crisis de violencia, pero el señor Hamil dice que tengo aptitudes para lo inefable. Dice que es en lo inefable donde hay que buscar, que ahí es donde está.

El mejor medio de procurarse mierda de ésa, y esto es lo que hacía el mahoute, es decir que no te has inyectado nunca y entonces te dan una inyección gratis, porque nadie quiere estar solo en la desgracia. Parece mentira la de tíos que han querido ponerme la primera inyección, pero no estoy para ayudar a vivir a nadie, pues ya tengo bastante con la señora Rosa. No seré yo quien se arriesgue a entrar en la felicidad antes de haberlo intentado todo para salirme de ella.

Como les decía, fue el mahoute —que es un nombre que no quiere decir nada y por eso le llamábamos así— quien puso a la señora Rosa su dosis de HLM, que es como llamamos nosotros a la heroína, por la región donde se cultiva. La señora Rosa se quedó prodigiosamente pasmada y entró después en un estado de satisfacción que daba pena. Figúrense, una judía de sesenta y cinco años. Lo que le faltaba. Yo salí corriendo en busca del doctor Katz, porque con esa porquería te expones al peligro de la sobredosis y entonces te vas al paraíso artificial. El doctor Katz no pudo venir porque ya no estaba para subir seis pisos, a no ser en caso de muerte. Llamó por teléfono a un médico joven y éste se presentó al cabo de una hora. La señora Rosa estaba babeando en su butaca. El médico se me quedó mirando, como si no hubiera visto en su vida a un chiquillo de diez años.

—¿Qué es esto? ¿Un parvulario?

Me dio pena con aquella cara amoscada, como si no pudiera creer lo que veía. El mahoute se revolcaba por el suelo llorando porque era su felicidad lo que le había largado en el culo a Madame Rosa.

—Pero, ¿cómo es posible? ¿Quién le ha dado la heroína a esta señora?

Yo lo miraba sonriendo con las manos en los bolsillos, pero no le dije nada. ¿Para qué? Él era un chiquillo de treinta años que no sabía nada de la vida.

A los pocos días tuve un golpe de suerte. Tenía que hacer un recado en unos grandes almacenes de la Ópera que tenían un circo en el escaparate para que los padres llevaran a sus críos sin ninguna obligación de su parte. Había estado allí por lo menos diez veces, pero aquel día llegué demasiado pronto. Todavía estaba echada la cortina y me puse a hablar con un barrendero al que no conocía, pero que era negro. Era de Aubervilliers, porque allí también los hay. Fumamos un cigarrillo y a falta de algo mejor que hacer estuve mirando cómo barría la acera. Después, volví a los almacenes y disfruté de verdad. El escaparate estaba rodeado de unas estrellas más grandes de lo natural que se encendían y se apagaban como parpadeando. En el centro estaba el circo, con los payasos y los cosmonautas que iban a la luna y volvían saludando a los que pasaban y los acróbatas que volaban por el aire con la facilidad que les da el oficio y unas bailarinas blancas encima de unos caballos y unos forzudos llenos de músculo que levantaban unos pesos increíbles sin el menor esfuerzo, porque no eran humanos y tenían sus mecanismos. Hasta había un camello bailarín y un mago con un sombrero del que salían conejos en fila india que daban la vuelta a la pista y volvían a meterse en el sombrero, y luego volvían a empezar porque era espectáculo continuo, no podía parar, era más fuerte que él. Los payasos eran de todos los colores y estaban vestidos como es de rigor en ellos. Los había blancos, azules y arco iris y tenían una bombilla roja en la nariz que se encendía. Detrás, estaban los espectadores que no eran de verdad, sino de broma y aplaudían sin parar porque estaban hechos así. El cosmonauta saludaba al llegar a la luna y su máquina se paraba para darle tiempo. Cuando creías haberlo visto todo, salían de su garaje unos elefantes que eran la monda, que daban la vuelta a la pista cogidos de la cola. El último era todavía un crío, todo rosa, como si acabara de nacer. Pero para mí lo mejor eran los payasos. No se parecían a nada ni a nadie. Todos tenían una cara imposible, con interrogantes por ojos y tan idiotas que nunca perdían el buen humor. Al mirarlos pensé que la señora Rosa sería muy graciosa si fuera payaso, pero no lo era y ahí estaba lo malo. Tenían unos pantalones que subían y bajaban porque eran de risa y unos instrumentos musicales que echaban chispas y chorritos de agua en lugar de lo que suelen echar los instrumentos en la vida corriente. Los payasos eran cuatro y el jefe era uno blanco con un gorro puntiagudo, un pantalón bombacho y una cara más blanca que los demás. Los otros hacían piruetas y saludos militares delante de él y él les daba puntapiés en el trasero. No había hecho más que eso toda su vida y aunque quisiera no podía parar porque para eso le habían preparado. No lo hacía por maldad, era mecánico. Había un payaso amarillo con lunares verdes y una cara siempre muy alegre, hasta cuando se rompía la crisma. Hacía un número en el alambre que siempre le salía mal, pero a él le daba risa, porque era un filósofo. Tenía una peluca roja que se le erizaba de miedo cuando ponía el primer pie en el alambre y luego el otro y así sucesivamente hasta que tenía los dos en el alambre y no podía ir para delante ni para atrás y se ponía a temblar de miedo para hacer reír, porque no hay nada que dé más risa que un payaso con miedo. Su compañero era todo azul y amable, con una miniguitarra, y le cantaba a la luna, y se veía que tenía muy buen corazón, pero tampoco podía hacer nada para remediarlo. El último en realidad eran dos, porque tenía un doble y todo lo que hacía uno tenía que hacerlo también el otro y por más que trataran de dejarlo, no había manera, pues estaban atados el uno al otro. Lo mejor es que todo aquello era mecánico y amable y uno sabía por adelantado que no sufrían ni envejecían ni había desgracias. Era distinto a todo y sin ninguna relación. Hasta el camello quería bien, contrariamente a lo que su nombre indica. Tenía una sonrisa muy ancha y se contoneaba como una rumbera. Todo el mundo era feliz en aquel circo que no tenía nada de natural. El payaso del alambre gozaba de una seguridad total y en diez días no le vi caer ni una sola vez y aunque se cayera no se haría daño. Aquello era otra cosa, caramba. Yo era tan feliz que hubiera querido morirme, porque a la felicidad hay que agarrarla cuando pasa.

Estaba mirando el circo tan contento cuando sentí una mano en el hombro. Me volví a mirar en seguida, porque lo primero que se me ocurrió fue que era un poli, pero era una muchacha bastante joven, de veinticinco años todo lo más. Estaba de miedo, rubia, con el pelo largo y olía bien, a fresco.

—¿Por qué lloras?

—No lloro.

Me tocó la mejilla.

—¿Y esto qué es? ¿No son lágrimas?

—No. No sé de dónde habrán salido.

—Bueno, veo que me he equivocado. ¡Qué bonito es ese circo!

—De lo mejor que he visto.

—¿Vives por aquí cerca?

—No, yo no soy francés. Probablemente soy argelino. Vivo en Belleville.

—¿Cómo te llamas?

—Momo.

No comprendía por qué me preguntaba. Con diez años no servía para nada, ni siquiera siendo árabe. Ella seguía con su mano en mi mejilla y me eché un poco hacia atrás. Hay que desconfiar. Quizás ustedes no lo sepan, pero hay asistentas sociales que lo disimulan muy bien y a la que te descuidas te ponen una multa con expediente administrativo. Y no hay nada peor que un expediente administrativo. La señora Rosa no podía vivir sólo de pensarlo. Retrocedí un poco más. No mucho, lo justo para poder echar a correr si quería agarrarme. Pero estaba de miedo, y hubiera podido hacer fortuna de haber querido con un tipo serio que se ocupara de ella. Se echó a reír.

—No tengas miedo.

Ya ya, "no tengas miedo", es un truco muy flojo. El señor Hamil dice siempre que el miedo es nuestro mejor aliado y que sin él sabe Dios lo que sería de nosotros, se lo digo por experiencia. El señor Hamil hasta estuvo en La Meca. Si tendría miedo...

—A tu edad no deberías andar solo por la calle.

Aquí me eché a reír. Me reí con ganas. Pero no le dije nada, no era quién para explicárselo.

—Eres el chico más guapo que he visto nunca.

—Usted tampoco está mal.

Ella se rió.

—Gracias.

No sé qué me dio, pero tuve una esperanza. No es que intentara colocarme, no iba a plantar a la señora Rosa mientras ella fuese tirando. Pero había que pensar en el futuro que tarde o temprano se echa encima y a veces soñaba con mi porvenir por la noche. Alguien que me llevara a la playa de vacaciones y que no me diera que sentir. Bueno, engañaba un poco a la señora Rosa, pero era sólo con el pensamiento cuando me daban ganas de reventar. La miré con esperanza y sentí que el corazón me latía. La esperanza es una cosa que siempre es más fuerte, incluso en los viejos como la señora Rosa o el señor Hamil. Una chifladura.

Pero ella no dijo más. Todo quedó en eso. La gente es como es. Me habló, me hizo un cumplido, me sonrió cariñosamente, suspiró y se fue. Una puta.

Llevaba un impermeable y un pantalón. Hasta por detrás se veía su melena rubia. Era delgada y por su forma de andar se adivinaba que hubiera podido subir los seis pisos corriendo varias veces al día y con paquetes.

Me fui tras ella porque no tenía nada mejor que hacer. Una vez se paró, me vio y nos sonreímos. Luego me escondí en un portal, pero ella no se volvió a mirar ni retrocedió. Por poco la pierdo. Andaba de prisa y supongo que se había olvidado de mí porque tenía otras cosas en que pensar. Entró en una puerta cochera y la vi pararse en la planta baja y llamar. No falló. La puerta se abrió y salieron dos críos que se le echaron al cuello. Siete u ocho años. ¡Oh, os los juro!

Me senté en el portal. Me daba igual estar allí que en cualquier sitio. Había varias cosas que podía hacer. Ir a mirar las tiras dibujadas del "drug" de la Etoile. Puede uno reírse de todo con las tiras dibujadas. O acercarme a Pigalle a ver las chicas que me querían y hacer algún dinero. Pero estaba harto, todo me era igual. De buena gana me hubiera esfumado del todo. Cerré los ojos, pero hace falta más que eso, seguía allí. Y es que cuando uno vive es automático. No entendía por qué se me había insinuado, la muy puta. Hay que decir que cuando se trata de comprender algo soy un poco tonto y no paro de darle vueltas. Tiene razón el señor Hamil cuando dice que hace la mar de tiempo que nadie comprende nada y que no queda más que asombrarse. Volví a mirar el circo y gané así un par de horas, pero en un día esto no es nada. Entré en un salón de té para señoras y me zampé dos pasteles de chocolate, que son los que más me gustan. Pregunté dónde podía mear y al subir me fui derecho a la puerta y adiós. Después birlé unos guantes en el "Printemps" y fui a echarlos en un cubo de basura. Esto me hizo bien.

Fue al volver por la calle Ponthieu cuando me pasó algo raro de verdad. No creo en las cosas raras, pues no veo qué pueden tener de diferente.

Tenía miedo de volver a casa. La señora Rosa estaba que daba pena verla y yo sabía que de un momento a otro iba a faltarme. Siempre estaba pensando en eso y a veces no me atrevía a volver. Me daban ganas de ir a robar algo grande en un almacén y hacer que me pescaran para hacerme notar. O dejarme acorralar en una sucursal y defenderme hasta el último momento a golpes de metralleta. Pero sabía que, de todos modos, nadie iba a fijarse en mí. Así, pues, me quedé en la calle Ponthieu y maté un par de horas viendo a unos chavales jugar al futbolín en un café. Después quise irme a otro sitio, pero no sabía adónde y seguí allí. Sabía que la señora Rosa estaría desesperada. Siempre temía que me pasara algo. Ya casi no salía de casa, pues no había manera de subirla. Al principio, la esperábamos abajo cuatro o cinco chiquillos y cuando ella volvía a casa, todos nos poníamos a empujar para ayudarla. Pero ahora ya no tenía piernas ni corazón para esto y el resuello que le quedaba no llegaba ni para una persona con la cuarta parte de su peso. Ella no quería ni oír hablar del hospital, donde hacen morir hasta el final en vez de poner una inyección. Decía que en Francia todos estaban en contra de la muerte dulce y obligaban a vivir mientras fueras capaz de seguir rabiando. La señora Rosa le tenía un miedo atroz a la tortura y siempre decía que cuando no pudiera más se haría abortar. Nos tenía dicho que si la llevaban al hospital, nosotros iríamos a parar legalmente a la Asistencia Pública y se echaba a llorar cuando pensaba que tal vez tuviera que morir en paz con la ley. La ley está para proteger a las personas que tienen algo que proteger de los demás.

Dice el señor Hamil que la Humanidad no es más que una coma en el gran Libro de la vida y si un viejo dice semejante barbaridad no sé qué podría yo añadir. La Humanidad no es una coma, porque cuando la señora Rosa me mira con esos ojos de judía no es una coma, sino todo el gran Libro de la vida entero y yo no tengo ningunas ganas de verlo. He ido dos veces a la mezquita a rezar por la señora Rosa, pero no ha servido de nada, porque para los judíos no vale. Por esto no quería volver a Belleville ni mirar fijamente a la señora Rosa. "¡Ojo! ¡Ojo!", decía ella siempre. Es lo que dicen los judíos cuando les duele algo. Nosotros, los árabes, decimos *"Jai! Jai!"*, y los franceses, "¡Oh! ¡Oh!". Porque, no vayan a creer, ellos tampoco son felices a veces. Yo cumplía diez años porque la señora Rosa había dicho que tenía que acostumbrarme a tener cumpleaños y hoy era el día. Decía que esto era lo principal para que pudiera desarrollarme con normalidad y que lo demás, como el nombre del padre y de la madre, era un esnobismo.

Me había sentado en un portal para esperar que todo

pasara, pero el tiempo es lo más viejo que hay y va muy despacio. Cuando las personas sufren, se les agrandan los ojos y tienen más expresión que nunca. La señora Rosa tenía los ojos cada vez más grandes y más parecidos a los de los perros que cuando se les da un puntapié miran sin saber por qué. Los estaba viendo desde allí, a pesar de estar en la calle Ponthieu, cerca de los Campos Elíseos, donde están las tiendas elegantes. Sus cabellos de antes de la guerra se le caían a más y mejor y cuando se encontraba con fuerzas para seguir peleando me pedía que le buscara una peluca nueva de pelo de verdad para parecer una mujer. Y es que la vieja se le había puesto también hecha un asco. Porque hay que decir que se estaba quedando calva como un hombre y esto hacía daño a los ojos, porque las mujeres no han sido preparadas para eso. Quería una peluca roja que era el color que mejor sentaba a su tipo de belleza. Yo no sabía dónde mangarla. En Belleville no hay tiendas de esas para mujeres feas, que se llaman institutos de belleza. En los Campos Elíseos no me atrevo a entrar. Hay que preguntar, dar la medida, una mierda.

Yo me sentía fatal. Ni siquiera tenía ganas de tomar una Coca. Me decía que no tenía por qué haber nacido tal día como aquél, que el cuento del cumpleaños no es más que un convencionalismo colectivo. Me puse a pensar en mis amigos, el mahoute y el Sha que pencaba en una gasolinera. Cuando se es un crío, para ser alguien hay que ser muchos.

Me tumbé en el suelo, cerré los ojos y empecé a hacer ejercicios para morir, pero el cemento estaba frío y tuve miedo de pillar una enfermedad. Conozco a tipos que en mi caso se endilgan un buen lote de mierda, pero yo no voy a lamerle el culo a la vida para ser feliz. Yo a la vida no la maquillo, me cago en ella. No nos llevamos bien. Cuando tenga mi mayoría legal, es posible que me haga terrorista para el secuestro de aviones con rehenes como en la tele, para pedir algo a cambio, aún no sé qué, pero no importa. Esto es lo bueno. De momento no sabría qué pedir porque no he recibido formación profesional.

Estaba sentado en el suelo, con el culo en el cemento, secuestrando aviones y haciendo rehenes que salían con las manos en alto y me preguntaba qué haría con el dinero porque todo no se puede comprar. Compraría inmobiliarias para la señora Rosa, que así podría morir tranquila, con los pies en el agua y una peluca nueva. Enviaría a los hijos de puta y a sus madres a los hoteles de lujo de Niza, donde estarían a salvo de la vida y podrían convertirse después en jefes de Estado de visita en París, en miembros de la mayoría que expresaran su apoyo o, incluso, en factores importantes del éxito. Y yo podría comprarme una tele nueva que había visto en un escaparate.

Esto era lo que pensaba, pero en realidad no tenía muchas ganas de hacer negocios. Hice venir al payaso azul y los dos nos reímos un rato. Luego hice venir al blanco que se sentó a mi lado y me tocó un poco de silencio en su violín pequeño. Me daban ganas de pasarme al otro lado y quedarme con ellos para siempre, pero no podía dejar a la señora Rosa sola en el fregado. Teníamos otro vietnamita café con leche que una negra de las Antillas que era francesa había querido tener de un tipo de madre judía y que ella quería criar por sí misma porque había hecho del caso una historia de amor y era algo personal. Nos pagaba a tocateja porque el señor N'Da Amédée le dejaba bastante dinero para vivir decentemente. Él se quedaba con el cuarenta por ciento de los ingresos porque aquella acera estaba muy trabajada y aquello era no parar y encima tenía que pagar a los yugoslavos que son la peste con sus incursiones. Y, además, había corsos, que ya empezaban a tener una nueva generación.

A mi lado había un cajón lleno de trastos inútiles al que hubiera podido prender fuego y hubiera ardido toda la casa. Pero tampoco sabrían que había sido yo. De todos modos, no era prudente. Me acuerdo muy bien de aquel momento de mi vida porque fue exactamente igual a todos los demás. Para mí la vida siempre es igual, pero hay momentos en los que me siento todavía peor. No me dolía nada, no tenía por qué, pero me parecía no tener brazos ni piernas, aunque tenía todo lo necesario. Ni siquiera el señor Hamil podría explicarlo.

Hay que decir sin ganas de ofender a nadie que el señor Hamil estaba cada día más idiota, como suele pasarles a los viejos que están llegando al final y que ya no tienen excusas. Saben muy bien lo que les espera y en los ojos se les ve que miran hacia atrás para esconderse en el pasado como avestruces que hicieran política. Siempre tenía en la mano su libro de Víctor Hugo, pero a veces se confundía y creía que era el Corán, porque tenía los dos. Se sabía trozos de memoria y los soltaba como si nada, pero mezclándolos. Cuando iba con él a la mezquita donde causábamos muy buena impresión, porque yo lo llevaba como a un ciego y entre nosotros los ciegos están muy bien vistos, siempre se equivocaba, y en vez de rezar, recitaba aquello de Waterloo, "Waterloo triste llanura", lo cual extrañaba mucho a los árabes allí presentes porque estaba fuera de lugar. Y hasta se le saltaban las lágrimas, de fervor religioso. Estaba muy bien con su chilaba gris y su galmona blanca en la cabeza, rezando para ser bien recibido. Pero todavía no se ha muerto y es posible que llegue a campeón del mundo de todas las categorías porque a sus años no hay quien pueda decir más. Entre los hombres son los perros los que se mueren antes. A los doce años ya no se puede contar con ellos y hay que buscar otro. La próxima vez que tenga un perro, lo cogeré recién nacido y así tendré más tiempo para perderlo. Los únicos que no tienen problemas de vida ni de muerte son los payasos porque no vienen al mundo por la vía familiar. Fueron inventados sin leyes naturales y nunca se mueren porque eso no tendría gracia. Yo puedo verlos a mi lado cuando quiero. Y puedo ver a cualquiera, a King Kong, a Frankenstein, a una bandada de pájaros heridos color de rosa, menos a mi madre, porque para eso me falta imaginación.

Me levanté. Ya estaba harto del portal y miré a la calle. A la derecha había un coche de la Policía, lleno de polis preparados. Cuando sea mayor, me gustaría ser policía para no tener miedo de nada ni de nadie y saber lo que hay que hacer. A los polis los manda la autoridad. La señora Rosa decía que en la Asistencia Pública hay muchos hijos de puta que se hacen polis, CRS o republicanos y que no hay quien los toque.

Con las manos en los bolsillos, me acerqué al coche patrulla como se les llama. Tenía un poco de canguelo. No estaban todos dentro del coche, algunos se habían desperdigado. Me puse a silbar *Al pasar por la Lorena,* porque en la cara no se me nota lo que soy y había uno que ya me sonreía.

Los polis son lo más fuerte del mundo. El que tiene un padre poli es como si tuviera el doble de padre que los demás. Admiten a los árabes y a los negros siempre que tengan algo de francés. Todos son hijos de puta que han pasado por la Asistencia y se las saben todas. No hay nada mejor como fuerza de seguridad, lo digo tal como lo siento. Ni los militares les llegan al tobillo, menos tal vez el general. La señora Rosa les tiene un miedo atroz a los polis, pero eso es por el hogar en el que fue exterminada y sus razones no cuentan porque ella fue a caer del lado malo. O quizá me haga de la Policía de Argelia porque allí te necesitan más. Y es que en Francia hay menos argelinos que en Argelia y tienen menos que hacer. Di uno o dos pasos más hacia el coche donde estaban ellos esperando tumultos y asaltos a mano armada, mientras a mí me daba brincos el corazón. Yo siempre me siento fuera de la ley. Comprendía que no debía estar allí, pero ellos seguían como si tal cosa. Es posible que estuvieran cansados. Uno dormía apoyado en la ventanilla y otro se comía un plátano al lado de un transistor. Estaban de relajamiento. Fuera, había uno rubio con una radio de antena en la mano que parecía tan tranquilo. Yo tenía canguelo, pero da gusto tener miedo cuando sabes por qué, ya que casi siempre el miedo me viene sin más ni más como la respiración. El poli de la antena me vio, pero no tomó ninguna medida y pasé por su lado silbando como si nada.

Hay polis casados y con críos, sé que los hay. Una vez hablé de eso con el mahoute, porque me hubiera gustado saber lo que es tener un padre poli, pero el mahoute se echó a reír, me dijo que soñar no sirve de nada y se largó. No vale la pena hablar con drogados. No tienen curiosidad.

Estuve paseando para no volver a casa, contando los pasos de cada acera y había una enormidad. Me faltaban números. Aún quedaba sol. Un día iré al campo para ver cómo es. El mar es posible que también me interese. El señor Hamil habla de él con mucha estima. No sé lo que habría sido de mí de no ser por el señor Hamil que me ha enseñado todo lo que sé. Llegó a Francia de niño con su tío y se quedó solo muy pronto, al morir el tío, y aun así consiguió cualificarse. Ahora está cada día más chocho, pero es que no hemos sido preparados para llegar a tan viejos. El sol parecía un payaso amarillo sentado en un tejado. Un día iré a La Meca. Dice el señor Hamil que allí hace más sol que en cualquier otro sitio y que eso es por la geografía. Pero imagino que por lo demás La Meca tampoco será tan distinta de otros sitios. Me gustaría ir muy lejos, a un lugar lleno de otra cosa que ni siquiera trato de imaginar para no echarlo a perder. Podríamos conservar el sol, los payasos y los perros que son lo mejor que hay en su género. Lo demás tendría que ser distinto a todo y dispuesto especialmente para ello. Pero luego pienso que al final todo acabaría por ser igual. A veces resulta hasta gracioso lo que se esfuerzan las cosas por ser lo que son.

Eran las cinco y yo me iba ya para casa cuando vi una rubia que paraba su "Mini" en la acera, debajo de la prohibición de estacionarse. La reconocí en seguida, porque soy rencoroso como un mal bicho. Era la puta que me había plantado después de habérseme insinuado y a la que había estado siguiendo para nada. Me quedé pasmado de volver a verla. París está lleno de calles y hace falta mucha casualidad para encontrar a alguien. Ella no me vio. Yo estaba en la otra acera y crucé a toda velocidad para ser reconocido. Pero ella tenía prisa o quizá ya no se acordaba porque habían pasado dos horas. Entró en el número 39, un interior que daba a un patio con otra casa. Ni siquiera tuve tiempo de hacerme ver. Ella llevaba un abrigo de piel de camello y un pantalón y mucho pelo rubio en la cabeza. Dejaba atrás por lo menos cinco metros de perfume. No había cerrado el coche con llave y pensé en mangarle algo para que se acordara de mí, pero yo estaba muy alicaído con lo del cumpleaños y también extrañado de tener sitio para tantas cosas. Había demasiada gente para mí solo. Pensé que no valía la pena, pues ni siquiera sabría que había sido yo. Quería que me viera, pero no vayan ustedes a creer que estaba buscando una familia. La señora Rosa todavía podía durar una temporada, con un poco de suerte. Moisés había encontrado colocación y hasta Banania estaba en tratos. No tenía que preocuparme. No padecía enfermedades conocidas ni era inadoptado, que es lo primero que mira la gente cuando elige. Y se comprende porque los hay que se encuentran con un crío que ha tenido alcohólicos y es un retrasado, mientras que otros que son excelentes no encuentran a nadie. Yo también, de haber podido elegir hubiera cogido lo mejor y no una vieja judía que ya no podía más y me daban ganas de reventar cuando la veía en aquel estado. Si la señora Rosa hubiera sido perro la hubieran aviado hacía tiempo, pero la gente es más buena con los perros que con los seres humanos a los que no está permitido hacer morir sin que sufran. Les digo esto para que no crean que seguía a la señorita Nadine, como después supe que se llamaba, para que la señora Rosa pudiera morir tranquila.

La entrada del inmueble conducía a otro inmueble más pequeño situado dentro del primero. Nada más entrar, oí tiros, chirriar de frenos, gritos de mujer y una voz de hombre que suplicaba: "¡No me maten! ¡No me maten!" Sonaba tan cerca que hasta di un brinco. Se oyó una ráfaga de metralleta y el hombre gritó: "¡No!", como siempre que se muere uno sin ganas. Luego se hizo un silencio más espantoso todavía y ahora no me creerán. Todo volvió a empezar como antes, con el mismo tipo que no quería que lo mataran porque sus razones tendría y la metralleta que no le escuchaba. Tuvo que morirse tres veces, aunque no quisiera, como si fuera un canalla de tomo y lomo al que hubiera que matar tres veces para dar un ejemplo. Hubo otro silencio durante el cual él se quedó muerto y después volvieron a tomarla con él otra vez y otra hasta que empezó a darme lástima, porque al fin y al cabo... Después lo dejaron en paz y una voz de mujer dijo: "Amor mío, pobre amor mío", pero con tanto sentimiento que me quedé patidifuso, aunque no sé muy bien qué quiere decir eso. En la entrada no había nadie más que yo y una puerta con una luz roja. Apenas me había repuesto de la emoción cuando volvieron con el "Amor mío, amor mío", pero con otro tono y luego otra vez, y dale. El tío debió de morirse sus buenas cinco veces en los brazos de su amiguita. Seguramente querría asegurarse de que alguien sentía su muerte. Me acordé de la señora Rosa, que no tenía a nadie que le dijera: "Amor mío, pobre amor mío", porque ya casi no le quedaba pelo y pesaba sus buenos noventa y cinco kilos a cual más pocho. Entonces la mujer lanzó un grito de desesperación tan desgarrado que yo me precipité hacia la puerta y entré como un solo hombre. Mierda, era una especie de cine, pero en el que todos andaban hacia atrás. Cuando entré, la mujer de la pantalla cayó sobre el cadáver para agonizar allí encima, pero en seguida se levantó al revés, andando hacia atrás como si fuera una mujer a la ida y una muñeca a la vuelta. Después todo se extinguió y se encendieron las luces.

La rubia que me había plantado estaba de pie junto a un micrófono, en medio de la sala, delante de unas butacas, y al encenderse las luces me vio. Había tres o cuatro tíos en los rincones, pero no estaban armados. Yo debía de tener cara de idiota, con la boca abierta, porque así me miraban ellos. La chica me reconoció y me sonrió, lo cual me subió la moral. Le había causado impresión.

—¡Pero si es mi amigo!

No éramos amigos, pero no era el momento de discutir. Se me acercó y quedó mirando a *Arthur*, pero yo sabía que quien le interesaba era yo. A veces las mujeres me dan risa.

—¿Qué es eso?

—Un paraguas viejo que yo he disfrazado.

—Es gracioso, con ese traje. Parece un fetiche. ¿Es tu amigo?

—¿Me toma por un retrasado? No es un amigo, es un paraguas.

Cogió a *Arthur* e hizo como que lo miraba. Los otros también. Lo primero que mira la gente al adoptar a un crío es que no sea un retrasado, es decir, uno que ha preferido quedarse por el camino porque no hay nada que le entusiasme. Y entonces los padres se ven metidos en un atolladero porque no saben qué hacer con él. Por ejemplo, un chico de quince años que hace cosas de diez. Y esto no es nada bueno. Cuando un chico tiene diez años, como yo, y hace cosas de quince, lo echan de la escuela por perturbado.

—Está guapo con esa cara verde. ¿Por qué le has hecho la cara verde?

Ella olía tan bien que me hizo pensar en la señora Rosa, por la diferencia.

—Eso no es una cara, en un trapo. Las caras nos están prohibidas.

—¿Prohibidas? ¿Por qué?

Tenía ojos azules, muy alegres y bastante cariñosos. Estaba agachada delante de *Arthur,* pero era por mí.

—Yo soy árabe. En nuestra religión están prohibidas las caras.

—¿Quieres decir representar una cara?

—Es ofender a Dios.

Ella me miró rápidamente, como si nada, pero yo comprendí que la había impresionado.

—¿Cuántos años tienes?

—Ya se lo dije la primera vez. Diez. Hoy los he cumplido. Pero la edad no importa. Tengo un amigo de noventa y cinco años y ahí está.

—¿Cómo te llamas?

—Ya me lo preguntó antes. Momo.

Después, ella tuvo que trabajar. Me explicó que aquello era una sala de doblaje. Los de la pantalla abrían la boca para hablar, pero eran los de la sala los que ponían la voz. Hacían lo que los pájaros, les metían directamente la voz en el buche. Y cuando la voz no entraba en el momento justo había que volver a empezar.

Y entonces venía lo bueno: todo iba hacia atrás. Los muertos volvían a la vida y ocupaban otra vez su puesto en la sociedad andando hacia atrás. Apretaban un botón y todo se alejaba. Los coches circulaban al revés, los perros retrocedían y las casas que se habían hecho cisco volvían a levantarse de repente. Las balas salían del cuerpo y se metían otra vez en las metralletas y los asesinos se retiraban y salían de espaldas por la ventana. El agua subía otra vez al vaso. La sangre volvía a entrar en el cuerpo sin dejar rastro y la herida se cerraba. Uno que había escupido, se tragaba el salivazo. Los caballos galopaban hacia atrás y uno que se caía de un séptimo piso volvía a entrar por la ventana. Era el mundo al revés, lo mejor que he visto en mi puta vida. Hubo un momento en que vi a la señora Rosa joven y fresca con sus piernas. La hice retroceder un poco más y se puso aún más guapa. Se me saltaban las lágrimas.

Me quedé un buen rato, porque no me esperaban en ningún sitio y lo que me divertí. Lo mejor era cuando mataban a la mujer, que se quedaba muerta un momento para dar lástima y luego se levantaba del suelo, como si una mano invisible tirase de ella, retrocedía y volvía a la vida. El tío a quien ella llamaba "amor mío, pobre amor mío" tenía cara de cerdo, pero allá ellos. Los presentes vieron que aquello me gustaba y me explicaron que se podía ir para atrás desde el fin hasta el principio y uno con barba me dijo guaseándose: "Hasta el Paraíso Terrenal." Luego añadió: "Lo malo es que cuando vuelves a empezar todo es lo mismo." La rubia me dijo que se llamaba Nadine y que su oficio era hacer hablar a los de las películas. Yo estaba tan a gusto que no tenía ganas de nada. Figúrense, una casa que se incendia y se hunde y que luego se levanta y se apaga. Hay que verlo con los propios ojos para creerlo, porque si lo ve otro no es lo mismo.

Y entonces me ocurrió algo fantástico. No puedo decir que me echara hacia atrás y viera a mi madre, pero me vi sentado en el suelo y delante de mí había unas piernas con botas hasta el muslo y una minifalda de cuero. Tuve que hacer un esfuerzo terrible para mirar hacia arriba y verle la cara. Sabía que era mi madre, pero ya era tarde, los recuerdos no pueden mirar hacia arriba. Y todavía pude retroceder más. Siento unos brazos calientes que me mecen, me duele el vientre, la persona que me sostiene pasea canturreando, pero a mí sigue doliéndome el vientre y suelto un zurullo que va a parar al suelo. Ya no me duele nada, estoy a gusto y la persona que me lleva en sus brazos me da un beso y se ríe con una risa alegre que todavía me parece oír, oír, oír...

—¿Te gusta?

Estaba sentado en una butaca y en la pantalla ya no había nada. La rubia se había acercado a mí. Encendieron las luces.

—No está mal.

Después aún pude volver a ver el tipo que se llevaba una descarga de metralleta en la barriga, porque era el cajero del Banco o un miembro de la banda rival y gritaba: "¡No me matéis! ¡No me matéis!" como un idiota, porque eso no sirve de nada y cada cual tiene que ir a lo suyo. A mí me gustan las películas en las que, antes de morir, el muerto dice: "Adelante, caballeros, hagan su trabajo." Esto denota comprensión, porque de nada sirve buscarle las vueltas a la gente por lo sentimental.

Pero el tío no encontraba el tono justo y tuvieron que hacerlo retroceder otra vez. Primero extendía los brazos para detener las balas y entonces gritaba: "¡No! ¡No! ¡No me matéis! ¡No me matéis!" con la voz del de la sala que estaba allí tan tranquilo. Luego, caía al suelo retorciéndose, que es algo que en el cine gusta siempre, y se quedaba quieto. Los gángsters le soltaban entonces otro tiro para asegurarse de que no podía hacerles daño. Y cuando todo estaba liquidado, la cosa se ponía otra vez en marcha, pero al revés y el tipo se levantaba en el aire como si la mano de Dios lo cogiera para poder servirse de él.

Vimos después otros trozos y hubo algunos que tuvieron que retroceder por lo menos diez veces para que quedaran bien. Las palabras hacían también marcha atrás, con sonidos misteriosos como de una lengua desconocida de todos que quizá quiera decir algo.

Cuando no había nada en la pantalla, me divertía imaginando a la señora Rosa feliz, con toda su melena de antes de la guerra y sin tener que defenderse siquiera porque aquello era el mundo al revés.

La rubia me acarició la mejilla y hay que decir que era simpática. ¡Lástima! Al acordarme de aquellos dos chicos que había visto en su casa, pensaba que era una lástima, caramba.

—Parece que esto te gusta mucho.

—Me he divertido de lo lindo.

—Puedes volver cuando quieras.

—No sé si tendré tiempo, no le prometo nada.

Me invitó a un helado y no dije que no. Yo también le gustaba y cuando le cogí la mano para andar más aprisa sonrió. Pedí un helado de chocolate, fresa y caramelo, pero después lo sentí. Me hubiera gustado más de vainilla.

—Me gusta eso de volver atrás. Yo vivo con una señora que va a morir muy pronto.

Ella me miraba sin tocar su helado. Tenía el pelo tan rubio que no pude contenerme y levanté la mano para tocarlo. Luego me reí porque la cosa tenía gracia.

—¿No están tus padres en París?

No supe qué contestar y me puse a zampar el helado que es quizá lo que más me gusta en el mundo.

Ella no insistió. A mí me pone malo que me pregunten qué hace mi papá y dónde está mi mamá. Es algo que me falta como tema de conversación.

Sacó un pedazo de papel y una estilográfica y escribió algo subrayándolo tres veces para que no lo perdiera.

—Toma, es mi nombre y mi dirección. Puedes ir a casa cuando quieras. Tengo un amigo que se ocupa de los niños.

—Un psiquiatra —dije.

Esto la dejó pasmada.

—¿Por qué dices eso? Los que se ocupan de los niños son pediatras.

—Sólo cuando son muy pequeños. Después son los psiquiatras.

Me miraba sin decir nada, como si le diera miedo.

—¿Quién te lo ha dicho?

—Tengo un amigo mahoute que está enterado porque va a Marmottan a hacerse desintoxicar.

Puso su mano encima de la mía y se inclinó.

—Dices que tienes diez años, ¿no?

—Sí.

—Sabes muchas cosas para tu edad... Entonces, ¿me prometes que irás a vernos?

Seguí lamiendo el helado. Estaba sin moral y las cosas buenas son todavía mejores cuando no tiene uno moral. Lo he notado muchas veces. Cuando se tienen ganas de reventar, el chocolate sabe mejor que nunca.

—Usted ya tiene alguien.

Por su modo de mirarme, se veía que no me entendía.

Lamí el helado mirándola fijamente a los ojos, con rencor.

—Antes la vi entrar en casa. Tiene dos niños. Son rubitos como usted.

—¿Me has seguido?

—Pues... sí. Me caía bien.

No sé qué le pasó de repente, pero les juro que había un mundo en su forma de mirarme. Era como si tuviera en los ojos cuatro veces más que antes.

—Mira, Mohamed...

—Todos me llaman Momo porque Mohamed es demasiado largo.

—Mira, cariño, tienes mi nombre y mi dirección, no los pierdas y ve a verme cuando quieras... ¿Dónde vives?

Ni hablar. Una chica así, si aparecía por casa y se enteraba de que aquello era un "clandé" para hijos de puta, menuda vergüenza. No es que contara con ella, pues sabía que ya tenía alguien, pero para la gente bien los hijos de puta son todos unos proxenetas, unos chulos, la criminalidad y la delincuencia infantil. Tenemos muy mala fama entre la gente bien, lo digo por experiencia. Nunca te llevan con ellos porque está eso que el doctor Katz llama la influencia del medio familiar y para ellos las putas son lo peor del mundo. Además, tienen miedo de las enfermedades venéreas en los niños, porque ya se sabe que somos hereditarios. No quise decir que no y le di unas señas de pega. Cogí su papel y me lo guardé en el bolsillo, porque nunca se sabe, pero los milagros no existen. Empezó a hacerme preguntas y yo no decía ni sí ni no. Luego me tomé un helado de vainilla y se acabó. La vainilla es lo mejor del mundo.

—Quiero que conozcas a los niños. Iremos al campo. Tenemos una casa en Fontainebleau...

—Bueno, adiós.

Me levanté de golpe. Yo no le había pedido nada. Salí de allí corriendo con *Arthur.*

Luego me divertí asustando a los coches. Cruzaba por delante de ellos en el último momento. A la gente le da miedo atropellar a un niño y a mí me gustaba sentir que eso les impresionaba. Dan unos frenazos terribles para no hacer daño y vale más eso que nada. Me hubiera gustado darles todavía más miedo, pero no estaba a mi alcance. Aún no sabía si entraría en la Policía o en los terroristas, ya lo veré cuando llegue el momento. De todos modos, tiene que ser una banda organizada, porque solo no se puede, es uno muy poco cosa. Pero no es que me guste matar, sino todo lo contrario. No, lo que a mí me gustaría es ser un tío como Víctor Hugo. Dice el señor Hamil que con las palabras se puede hacer cualquier cosa, sin tener que matar a nadie. Cuando tenga tiempo ya veremos. El señor Hamil dice que es lo más fuerte que hay. Si quieren saber mi opinión, me parece que si los tíos a mano armada son así es porque nadie les hacía caso cuando eran unos críos y pasaban inadvertidos. Hay demasiados chiquillos en el mundo para que puedan verse todos, hasta los hay que para hacerse notar tienen que morirse de hambre, o formar cuadrillas. Dice la señora Rosa que en el mundo hay millones de críos que revientan, y algunos hasta se retratan. Y que el *zob* es el enemigo del género humano. Dice que fue un caso excepcional. La señora Rosa dice que la vida puede ser hermosa, pero que nadie ha dado con ella todavía y que, entretanto, hay que vivir. El señor Hamil también me ha hablado muy bien de la vida y sobre todo de las alfombras persas.

Mientras corría por entre los coches para meterles miedo porque a nadie le gusta atropellar a un niño, de eso pueden estar seguros, me sentía importante al pensar que podía darles un buen disgusto. No es que fuera a dejarme atropellar sólo para chincharles, pero les impresionaba. Tengo un amigo, el Claudo, que haciendo el idiota así fue a parar debajo de las ruedas y tuvo derecho a tres meses de cuidados en el hospital, mientras que estando en casa, si hubiera perdido una pierna su padre lo habría enviado a buscarla.

Ya era de noche y tal vez la señora Rosa empezaba a tener miedo al ver que yo no llegaba. Corría pensando que lo había pasado bien sin ella y tenía remordimientos.

En seguida vi que mientras yo no estaba se había puesto peor, sobre todo de la cabeza que era lo más grave. Muchas veces me había dicho, en son de broma, que la vida no se le daba muy bien y ahora se veía. Le dolía todo. Llevaba ya un mes sin poder salir a la compra a causa de la escalera y decía que, de no ser por los quebraderos de cabeza que yo le daba, no tendría ningún interés en seguir viviendo.

Le conté lo que había visto en aquella sala donde todo iba hacia atrás, pero ella sólo suspiró y nos pusimos a cenar. Ella se daba cuenta de que estaba cada vez peor, pero todavía guisaba muy bien. Lo único que no hubiera querido por nada del mundo era un cáncer y en esto había tenido suerte porque era lo único que no tenía. De todo lo demás estaba tan averiada que hasta había dejado de caérsele el pelo porque también se le había averiado el mecanismo que lo hacía caer. Fui a buscar al doctor Katz. Él vino, a pesar de que, sin ser tan viejo, no podía permitirse las escaleras, por el corazón. En casa había dos o tres críos provisionales, dos se iban el día siguiente y al otro se lo llevaba su madre a Abidján donde pensaba poner una "sex-shop". Dos días antes había celebrado su última cita en Les Halles y había dicho a la señora Rosa que después se había emocionado y que le parecía hacer envejecido de repente. Entre todos ayudamos a subir al doctor Katz, sosteniéndole por todas partes y él nos mandó salir mientras examinaba a la señora Rosa. Cuando volvimos a entrar, ella estaba muy contenta porque no era cáncer y nos dijo que el doctor Katz era un buen médico que la llevaba muy bien. Él nos miraba a todos y cuando digo todos me refiero a los restos, porque yo sabía que pronto me quedaría solo. Corría un cuento de la China de que la judía nos mataba de hambre. No me acuerdo ni del nombre de los otros, menos el de una tal Edith que sabe Dios por qué se llamaría así, ya que no tenía más de cuatro años.

—¿Quién es el mayor?

Le dije que era Momo, como siempre, pues nunca fui lo bastante joven para evitar los líos.

—Está bien, Momo. Voy a hacer una receta y tú la llevarás a la farmacia.

Salimos al descansillo y él se me quedó mirando con esa cara que pone siempre para dar pena.

—Mira, hijo, la señora Rosa está muy mal.

—Pero dice usted que no tiene cáncer.

—No, no lo tiene, pero, francamente, lo suyo es malo, muy malo.

Me explicó que la señora Rosa tenía suficientes enfermedades para varias personas y que habría que llevarla al hospital, donde la pondrían en una gran sala. Me acuerdo bien que dijo una gran sala, como si hiciera falta mucho espacio para todas aquellas enfermedades, pero imagino que con eso quería pintarme el hospital de un modo atractivo. Yo no entendía ninguno de los nombres que el doctor Katz enumeraba con satisfacción, pues se veía que había aprendido mucho con ella. Lo que menos comprendí fue aquello de que la señora Rosa estaba muy tensa y que podía ser atacada de un momento a otro.

—Pero lo peor es la senilidad, la chochez, si lo prefieres.

Yo no prefería nada, pero no iba a discutírselo. Me explicó que se le habían encogido las arterias, que se le cerraban las canalizaciones y que la cosa no circulaba por donde tenía que circular.

—La sangre y el oxígeno no alimentan bien el cerebro. Dejará de pensar y vivirá como un vegetal, como una hortaliza. Puede durar mucho tiempo y durante años tendrá momentos de lucidez, pero eso no perdona, hijo, no perdona.

Me daba risa su modo de decir "eso no perdona, eso no perdona", como si hubiera algo que perdonara.

—Pero no es cáncer, ¿verdad?

—Ni pensarlo. Puedes estar tranquilo.

De todos modos, era una buena noticia y me eché a llorar. Era una suerte que pudiéramos evitar lo peor. Me senté en la escalera y lloré a moco tendido, valga la expresión.

El doctor Katz se sentó a mi lado y me puso una mano en el hombro. Se parecía al señor Hamil, por la barba.

—No hay que llorar, hijo. Es natural que los viejos se mueran. Tú tienes toda la vida por delante.

¿Quería meterme miedo, el muy cerdo, o qué? Siempre he observado que los viejos dicen: "Eres joven, tienes toda la vida por delante" con una sonrisa, como regodeándose.

Me levanté. Bueno, ya sé que tengo toda la vida por delante, pero no iba a darme mala sangre por eso.

Ayudé al doctor Katz a bajar la escalera y luego subí corriendo para dar la buena noticia a la señora Rosa.

—Ahora podemos estar seguros, señora Rosa, no es cáncer. El doctor lo ha dicho.

Ella abrió la boca en una sonrisa inmensa, porque casi no le quedan dientes. Cuando sonríe, está menos vieja y menos fea porque conserva una sonrisa joven que es como un tratamiento de belleza. Tiene una foto, de quince años, antes de las exterminaciones de los alemanes, que al verla nadie diría que aquello iba a convertirse un día en la señora Rosa. Y lo mismo ocurría al revés. Era difícil imaginar a la señora Rosa a los quince años. No tenían nada que ver. A los quince años, la señora Rosa tenía una gran melena roja y una sonrisa que parecía esperar sólo cosas buenas allí donde fuera. Me daba dolor de vientre verla a los quince años y después en aquel estado. La vida la había tratado, vaya. A veces, me miro al espejo y me pongo a imaginar cómo seré yo cuando haya sido tratado por la vida, y me tiro de los labios y hago muecas.

Aquel día di a la señora Rosa la mejor noticia de su vida, que no tenía cáncer.

Por la noche, descorchamos una botella de champaña que trajo el señor N'Da Amédée, para celebrar que la señora Rosa no tenía el peor enemigo del pueblo, como decía él, porque el señor N'Da Amédée quería dedicarse a la política. Ella se arregló para el champaña y hasta el señor N'Da Amédée se quedó asombrado al verla. Cuando él se fue, aún quedaba algo en la botella. Volví a llenarle la copa, brindamos y di marcha atrás a la judía hasta dejarla en los quince años, como en la foto, e incluso pude darle un beso como estaba entonces. Acabamos el champaña y me quedé sentado a su lado, en un taburete, tratando de poner buena cara para animarla.

—Pronto podrá irse a Normandía. El señor N'Da Amédée le dará el dinero.

La señora Rosa solía decir que las personas más felices del mundo eran las vacas y soñaba con irse a vivir a Normandía, donde el aire es muy bueno. Creo que nunca deseé ser poli tanto como en aquel momento, allí sentado, en mi taburete y cogiéndole una mano. Si me sentiría poca cosa. Después ella pidió la bata rosa, pero no pudimos meterla dentro, porque era su bata de puta. Había engordado demasiado en aquellos quince años. Yo creo que no se respeta lo suficiente a las putas viejas, después de tanto perseguirlas cuando son jóvenes. Si pudiera, yo me ocuparía sólo de las putas viejas, porque las jóvenes tienen a los proxenetas, pero las viejas no tienen a nadie. Yo cogería sólo a las viejas y pochas que ya no sirven para nada y sería su proxeneta, me ocuparía de ellas y haría justicia. Sería el poli y el proxeneta más grande del mundo y nadie vería a ninguna puta vieja abandonada llorando en un sexto piso sin ascensor.

—¿Y aparte de eso qué más te ha dicho el doctor? ¿Me voy a morir?

—No especialmente, señora Rosa. No ha dicho que fuera usted a morirse más que otro.

—¿Qué es lo que tengo?

—No ha dado detalles, ha dicho que tal vez un poco de todo, vaya.

—¿Y las piernas?

—No me ha dicho nada de particular de las piernas. Además, ya se sabe que nadie se muere por las piernas.

—¿Y qué tengo en el corazón?

—No lo ha aclarado.

—¿Qué ha dicho de las hortalizas?

Yo me hice el inocente.

—¿Qué hortalizas?

—Le oí decir algo de hortalizas.

—Que hay que comer hortalizas porque son buenas para la salud. Usted siempre nos daba hortalizas. Y a veces, nada más que eso.

Tenía los ojos llenos de lágrimas y fui a buscar papel higiénico para secárselos.

—¿Qué va a ser de mí, Momo?

—No lo sé ni hay por qué pensar en eso ahora.

—Eres un chico guapo, Momo, y eso es un peligro. Hay que desconfiar. Prométeme que nunca te defenderás con el culo.

—Se lo prometo.

—Júramelo.

—Se lo juro, señora Rosa. Puede estar tranquila.

—Momo, recuerda siempre que el culo es lo más sagrado que tiene el hombre. Ahí está su honor. No dejes que nadie te busque el culo aunque te lo pague bien. Aunque yo me muera y no te quede más que el culo en el mundo, tú no lo consientas.

—Ya lo sé, señora Rosa, ése es oficio de buena mujer. El hombre tiene que hacerse respetar.

Así permanecimos una hora, cogidos de la mano, y ella ya no tenía tanto miedo.

Cuando el señor Hamil se enteró de que la señora Rosa estaba enferma, quiso subir a verla, pero con sus ochenta y cinco años y sin ascensor, ni pensarlo. Treinta años atrás, cuando el señor Hamil vendía alfombras y la señora Rosa lo suyo, habían sido muy amigos y era injusto que ahora tuvieran que estar separados por un ascensor. También quiso escribirle un poema de Víctor Hugo, pero como ya no veía tuve que aprendérmelo yo de memoria, de parte suya. Empezaba así: *Subhan ad daim la iazul,* que quiere decir que sólo el Eterno nunca se acaba. Subí corriendo al sexto piso para recitárselo a la señora Rosa antes de que se me olvidara, pero me atasqué dos veces y tuve que bajar los seis pisos otras tantas para pedirle al señor Hamil los pedazos de Víctor Hugo que me faltaban.

Yo me decía que sería bueno que el señor Hamil se casara con la señora Rosa, pues a su edad podían deteriorarse juntos, que siempre es mejor. Así se lo dije al señor Hamil. Podríamos subirle hasta el sexto en una camilla para la petición de mano y luego transportarlos a los dos al campo y dejarlos allí hasta que se muriesen. No se lo dije con estas palabras, porque no es manera; sólo le insinué que es mejor ser dos y poder cambiar impresiones. También le dije que él podía vivir perfectamente hasta los ciento siete años, porque a lo mejor la vida se ha olvidado de él y como en otro tiempo se interesó un par de veces por la señora Rosa, ahora era el momento de aprovechar la ocasión. Los dos necesitaban amor y como a su edad eso ya no era posible, tenían que unir sus fuerzas. Hasta le enseñé la foto de la señora Rosa a los quince años y él la admiró con esas gafas especiales que tiene para ver más que la otra gente. Primero se la puso lejos y después, muy cerca y algo debió de ver a pesar de todo porque sonrió y luego se le saltaron las lágrimas, no por nada en particular, sino sólo por viejo. Y es que los viejos siempre gotean.

—Ya ve lo guapa que era antes de los acontecimientos. Deberían ustedes casarse. Bueno, ya sé, pero siempre podría mirar la foto para acordarse de ella.

—Quizá me hubiera casado con ella hace cincuenta años, de haberla conocido, Mohamed.

—En cincuenta años hubieran quedado hartos el uno del otro. Ahora, en cambio, ni siquiera pueden verse bien y para hartarse ya no les queda tiempo.

Estaba sentado delante de su taza de café con la mano encima del libro de Víctor Hugo y parecía contento porque era una persona que no pedía mucho.

—Mohamed, yo no podría casarme con una judía, aunque fuera capaz de hacer una cosa semejante.

—Ya no es judía ni es nada, señor Hamil, sólo es una mujer enferma. Y usted está ya tan viejo que ahora es Alá el que tiene que pensar en usted y no al contrario. Usted ya fue a verle a La Meca. Ahora le toca a él molestarse. ¿Por qué no casarse a los ochenta y cinco años, cuando ya no arriesga nada?

—¿Y qué haríamos cuando estuviéramos casados?

—Compadecerse el uno al otro, mierda. Para eso se casa la gente.

—Ya soy demasiado viejo para casarme —repitió el señor Hamil como si no fuera demasiado viejo para todo.

Yo ya ni me atrevía a mirar a la señora Rosa de cómo se deterioraba. Los otros críos se habían largado y cuando venía alguna madre puta para hablar de la pensión, al ver que la judía estaba hecha una ruina se iba con el crío a otra parte. Lo peor es que la señora Rosa se maquillaba cada vez y hacía caídas de ojos y fruncía los labios como si estuviera todavía en su acera. Esto era ya demasiado, yo no podía verlo. Bajaba a la calle y me pasaba el día fuera, dejándola sola con sus labios pintados y sus posturas. A veces me sentaba en la acera y me ponía a hacer retroceder a la gente, como en la sala de doblaje, pero aún más lejos. A los que salían de las puertas les hacía volver a entrar andando hacia atrás y me ponía en la calzada y alejaba a los coches y nadie podía acercarse a mí. Yo no estaba en mi forma olímpica, vaya.

Menos mal que teníamos unos vecinos que nos ayudaban. Ya les he hablado de la señora Lola, que vivía en el cuarto piso y se defendía en el Bosque de Bolonia como *travestista.* Antes de irse en su coche, subía siempre a echarnos una mano. No tenía más que treinta y cinco años y aún le esperaban muchos éxitos. Nos llevaba chocolate, salmón ahumado y champaña porque esas cosas cuestan caro. Por eso las personas que se defienden con el culo nunca pueden ahorrar. Entonces corría un cuento que decía que los trabajadores norteafricanos tenían el cólera que habían traído de La Meca, y lo primero que hacía la señora Lola al llegar a casa era lavarse las manos. Le tenía horror al cólera, que es antihigiénico y busca la suciedad. Yo no conozco el cólera, pero imagino que no será tan puerco como decía la señora Lola; además, es una enfermedad y no es responsable. A veces me daban ganas de defender al cólera, porque él, por lo menos, no tiene la culpa de ser como es; él nunca decidió ser cólera, le tocó por las buenas.

La señora Lola circulaba en su auto por el Bosque de Bolonia toda la noche y decía que era el único senegalés del ramo y que gustaba mucho porque tenía busto y tenía *zob.* El busto se lo alimentaba artificialmente, como el que cría polluelos. Era tan fuerte, por haber sido boxeador, que podía levantar una mesa cogiéndola por una pata, pero no la pagaban para eso. Yo la quería mucho porque no se parecía a nada, era única. Pronto comprendí que se interesaba por mí porque ella no podía tener hijos, pues le faltaba lo necesario. Llevaba una peluca rubia y pechos de ésos que están tan bien vistos entre las mujeres y que ella alimentaba con hormonas todos los días y se contoneaba sobre sus zapatos de tacón alto, haciendo gestos provocativos para excitar a los clientes, pero era realmente una persona distinta a todas que inspiraba confianza. Yo no comprendía por qué se clasifica siempre a la gente por el culo y se le da tanta importancia, si es algo que no puede hacer daño. Yo le hacía un poco la corte y es que la necesitábamos desesperadamente. Ella nos daba dinero y nos hacía la comida probando la salsa con posturitas y gestos de satisfacción, agitando los pendientes y contoneándose con sus zapatos de tacón alto. Nos decía que cuando era joven, en el Senegal, había derrotado a Kid Govella en tres asaltos, pero que de hombre fue siempre muy desgraciada. "Señora Lola, usted no se parece a nada ni a nadie", le decía yo. Esto le gustaba. "No, Momo —me contestaba—, yo soy una criatura de sueño." Y era verdad. Se parecía al payaso azul o a mi paraguas *Arthur,* que también eran diferentes. "Cuando seas mayor, Momo, te darás cuenta de que hay marcas externas de respeto que no quieren decir nada, como los cojones que son un accidente de la Naturaleza." La señora Rosa, desde su butaca, le decía que tuviera cuidado, que yo era todavía un niño. Desde luego, era simpática porque era completamente al revés y no era mala persona. Por la noche cuando se arreglaba para salir con su peluca rubia, sus zapatos de tacón alto, sus pendientes, su hermosa cara negra con las cicatrices del boxeo, el jersey blanco para marcar el busto, una bufanda rosa para disimular la nuez que está muy mal vista entre los *travesties,* la falda abierta por el costado y sus ligas, realmente parecía una mujer. A veces desaparecía uno o dos días por Saint-Lazare y volvía agotada y despintada. Entonces se acostaba y tomaba un somnífero, porque no es verdad que acabe uno por acostumbrarse a todo. Un día la Policía estuvo en su casa buscando drogas, pero era una injusticia; unas compañeras, envidiosas, que la habían calumniado. Les hablo ahora de cuando la señora Rosa podía hablar y conservaba toda la cabeza casi siempre, menos cuando se interrumpía a la mitad y se quedaba con la boca abierta y la mirada perdida, como si no supiera quién era ni dónde estaba. A esto lo llamaba el doctor Katz estado de embotamiento. Le daba muy fuerte y cada vez más a menudo, pero todavía preparaba muy bien su carpa a la judía. La señora Lola subía todos los días a preguntar y cuando el Bosque de Bolonia marchaba bien nos dejaba dinero. Era muy respetada en el barrio y al que se permitía alguna impertinencia, lo sacudía.

No sé qué hubiera sido de los moradores del sexto piso si no hubiera sido por los de los otros cinco, que no trataban de chincharse unos a otros. Nunca habían denunciado a la señora Rosa a la Policía, ni siquiera cuando tenía en casa a diez hijos de puta que armaban jaleo en la escalera.

Hasta había en el segundo un francés que se portaba como si no estuviera en su casa. Era alto, flaco y con bastón y vivía tranquilamente, sin hacerse notar. Cuando se enteró de que la señora Rosa estaba enferma, subió los cuatro pisos que había entre él y nosotros y llamó a la puerta. Entró, saludó a la señora Rosa, le presentó sus respetos, se sentó con el sombrero en las rodillas, muy erguido, con la frente alta y sacó del bolsillo un sobre con un sello y su nombre escrito con todas su letras.

—Me llamo Louis Charmette, como este nombre indica. Puede leerlo usted misma. Es una carta de mi hija. Me escribe una vez al mes.

Nos enseñaba el sobre con su nombre, como si quisiera demostrar que todavía tenía nombre.

—Soy jubilado de los Ferrocarriles, sección Oficinas. Me he enterado de que estaba usted enferma y después de veinte años de vivir en la misma casa he querido aprovechar la ocasión.

Ya les he dicho que la señora Rosa, aparte su enfermedad, había vivido mucho y esto a veces le daba sudores fríos. Y cuando no entendía algo, se ponía peor, que es lo que ocurre cuando uno envejece y esas cosas se acumulan. Pues bien, aquel francés que se había molestado en subir cuatro pisos para saludarla, le hizo un efecto definitivo, como si hubiera ido a anunciarle su muerte, en calidad de representante oficial. Además, iba correctamente vestido, con traje negro, camisa y corbata. Yo no creo que la señora Rosa tuviera muchas ganas de vivir, pero de morir tampoco, me parece que ni lo uno ni lo otro, se había acostumbrado, vaya. Yo estoy seguro de que se puede hacer algo mejor que eso.

Aquel señor Charmette parecía muy serio y muy importante por su manera de sentarse, tan tieso y tan quieto y la señora Rosa tenía miedo. Sostuvieron entre los dos un largo silencio y después no supieron qué decirse. Si quieren saber mi opinión, a mí me parece que el señor Charmette subió porque también estaba solo y quería hablar con la señora Rosa para asociarse. Cuando uno tiene cierta edad, se ve cada vez menos frecuentado, salvo si tiene hijos que se sientan obligados por la ley natural. Yo diría que se daban miedo el uno al otro y se miraban como diciendo: "Usted primero." "No, primero usted, por favor." El señor Charmette era más viejo que la señora Rosa, pero estaba seco, mientras que ella desbordaba por todas partes y la enfermedad tenía mucho más campo. Siempre es más duro para una vieja que encima ha tenido que ser judía que para un empleado de Ferrocarriles.

Ella estaba sentada en su butaca, con un abanico que conservaba de su pasado, de cuando le hacían regalos de mujer, y sin saber qué decir del susto que tenía. El señor Charmette la miraba sin pestañear, con el sombrero sobre las rodillas, como si hubiera ido a buscarla, y la judía temblaba y sudaba de miedo. De todos modos, resulta gracioso imaginar que la muerte pueda entrar en casa, sentarse con el sombrero sobre las rodillas y mirar a los ojos para decir que ya es hora. Aunque yo veía bien que no era más que un francés falto de compatriotas que había querido aprovechar la ocasión de señalar su presencia cuando la noticia de que la señora Rosa no iba a bajar nunca más se extendió por la opinión pública, hasta la tienda tunecina del señor Keibali, donde se reúnen siempre todas las noticias.

El señor Charmette tenía ya la cara medio en sombras, sobre todo, la parte de los ojos que son los que primero se hunden y se van a vivir solos a su barrio, con una expresión de por qué, con qué derecho y qué es lo que está pasando. Me parece que aún lo estoy viendo, sentado delante de la señora Rosa, con la espalda recta, porque ya no podía doblarla por el reumatismo que aumenta con la edad, sobre todo cuando refresca por las noches, cosa que suele suceder fuera de estación. Había oído decir en la tienda que la señora Rosa no tenía ya para mucho tiempo y que estaba afectada en sus órganos principales, que ya no eran de utilidad pública, y debió imaginar que una persona en estas condiciones podría comprenderle mejor que las que todavía están enteras, y por eso subió. La judía estaba muerta de miedo. Era la primera vez que recibía en su casa a un francés católico, tan tieso y callado. Siguieron callando unos momentos y luego el señor Charmette se destapó un poco y se puso a hablar muy serio de todo lo que había hecho él por los ferrocarriles franceses. Aquello ya iba siendo demasiado para una judía vieja en estado avanzado de deterioro que iba de sorpresa en sorpresa. Los dos tenían miedo porque no es verdad que la Naturaleza haga bien las cosas. La Naturaleza puede hacerle cualquier cosa a cualquiera y ni siquiera sabe lo que hace, unas veces es a las flores y a los pájaros y otras a una vieja judía que vive en un sexto piso y que ya no puede bajar a la calle. Aquel señor Charmette me daba lástima porque se veía que tampoco tenía nada ni a nadie a pesar de su Seguridad Social. A mí me parece que lo que más falta hace son los artículos de primera necesidad.

No es culpa suya si los viejos son siempre atacados al final y a mí las leyes naturales no me caen muy bien que digamos.

Había que oír al señor Charmette hablando de trenes, estaciones y horas de salida y llegada, como si aún esperase poder librarse tomando el tren a tiempo con un buen enlace cuando sabía bien que ya había llegado y no le quedaba más que apearse.

Así permanecieron un buen rato y yo ya empezaba a preocuparme por la señora Rosa, pues la veía loca de miedo por una visita de tal importancia, como si hubieran ido a rendirle los últimos honores.

Abrí para el señor Charmette la caja de bombones que nos había dejado la señora Lola, pero él no tomó ninguno porque tenía no sé qué órganos a los que no les iba el azúcar. Por fin se bajó otra vez al segundo piso sin que su visita hubiera arreglado nada, pues la señora Rosa veía que la gente era cada vez más amable con ella y eso nunca es buena señal.

La señora Rosa tenía unas ausencias cada vez más prolongadas y se pasaba a veces horas enteras sin sentir nada. Yo me acordaba del cartel que ponía el señor Reza, el zapatero, para decir que en caso de ausencia se dejara el recado en otro sitio, pero yo no supe nunca adónde dirigirme, porque hasta los hay que pillan el cólera en La Meca. Yo me sentaba al lado de ella en el taburete, le cogía una mano y esperaba que volviera.

La señora Lola hacía lo que podía para ayudarnos. Volvía del Bosque de Bolonia hecha papilla, después de los esfuerzos que había estado haciendo en su especialidad y a veces dormía hasta las cinco de la tarde. Por la noche subía a echarnos una mano. Todavía teníamos algún que otro pensionista, pero no daba para vivir y la señora Lola decía que el oficio de puta se estaba perdiendo por culpa de la competencia gratuita.

Las putas que lo son de balde no están perseguidas por la Policía que sólo la tiene tomada con las que valen algo. Tuvimos un caso de chantaje cuando un proxeneta que era un chulo de lo más tirado amenazó con denunciar por prostitución a un hijo de puta a la Asistencia con padre desconocido si ella no se iba a Dakar y tuvimos al crío en casa diez días —Jules se llamaba, nada menos— hasta que la cosa se arregló gracias al señor N'Da Amédée. La señora Lola cuidaba de la casa y ayudaba a la señora Rosa a limpiarse. No es que yo quiera echarle flores, pero nunca vi a un senegalés que hubiera podido ser una madre de familia mejor que la señora Lola y es verdaderamente una lástima que la Naturaleza no lo permitiera. Se le ha hecho una injusticia, porque hubiera podido hacer felices a unos chiquillos. Ni siquiera tenía derecho a adoptarlos, pues los *travesties* son demasiado diferentes y esto no hay quien lo perdone. Y esto a veces a la señora Lola le daba mucho coraje.

Puedo decirles que todo el inmueble reaccionó muy bien ante la noticia de la muerte de la señora Rosa que iba a producirse en el momento oportuno, cuando todos sus órganos conjugaran sus esfuerzos en tal sentido. Había los cuatro hermanos Zaoum que trabajaban en las mudanzas y eran los más fuertes del barrio para los pianos y los armarios, y yo los miraba siempre con admiración porque a mí también me hubiera gustado ser cuatro. Subieron a decirnos que podíamos contar con ellos para bajar y subir a la señora Rosa cada vez que tuviera ganas de salir. El domingo, que es un día en el que no se muda nadie, cogieron a la señora Rosa, la bajaron como si fuera un piano, la pusieron en el coche y nos fuimos todos al Marne para hacerla respirar aire puro. Aquel día ella estaba en sus cabales y hasta se puso a hacer planes para el futuro porque no quería que la enterraran religiosamente. Al principio, creí que aquella judía tenía miedo de Dios y esperaba que si la enterraban sin religión iba a pasarle inadvertida. Pero no era eso. Ella no tenía miedo de Dios, pero decía que ya era tarde, que lo hecho hecho está y que Él no tenía por qué ir ahora a pedirle perdón. A mí me parece que cuando tenía la cabeza en su sitio, la señora Rosa quería morirse del todo y no como si todavía quedara camino que andar después.

Al regreso, los hermanos Zaoum la llevaron por Les Halles, calle Saint-Denis, calle de Fourcy, calle Blondel, calle de la Truanderie y ella se emocionó, sobre todo en la calle de Provence, al ver el hotelito en el que de joven subía las escaleras hasta cuarenta veces al día. Nos dijo que se alegraba de ver las aceras y los rincones en los que ella se había defendido y le parecía haber cumplido bien su contrato. Sonreía y vi que aquello le había remontado la moral. Se puso a hablar de los viejos tiempos y dijo que había sido la época más feliz de su vida. Cuando se retiró, con más de cincuenta años, todavía tenía sus clientes habituales, pero le parecía que a su edad ya no resultaba estético y tomó la decisión de reconvertirse. Nos paramos a tomar una copa en la calle Frochot y la señora Rosa se comió un pastel. Después volvimos a casa y los hermanos Zaoum la subieron hasta el sexto como si fuera una flor. El paseo la había puesto tan contenta que parecía haberse rejuvenecido unos meses.

Sentado en la puerta nos esperaba Moisés que había

ido a vernos. Le saludé y lo dejé con la señora Rosa que estaba en forma. Bajé al café para ver a un amigo que había prometido llevarme una cazadora de cuero negro que iba a sacar de un "stock" americano verdadero, nada de falsificaciones, pero él no estaba. Me quedé un rato con el señor Hamil que estaba bien de salud. Tenía delante una taza de café vacía y sonreía tranquilamente a la pared de enfrente.

—¿Qué tal, señor Hamil?

—Hola, Víctor, me alegro de oírte.

—Pronto habrá lentes para todo, señor Hamil, y usted podrá volver a ver.

—Hay que tener fe en Dios.

—Un día saldrán unos lentes formidables como nunca los hubo, y entonces sí que se podrá ver.

—Bueno, Víctor, alabado sea Dios, porque es Él quien me ha permitido vivir tantos años.

—Señor Hamil, yo no me llamo Víctor. Yo me llamo Mohamed. Víctor es su otro amigo.

Pareció extrañarse.

—Pues claro, Mohamed... *Tawa kaltu'ala al Hayy elladri la iamout...* Yo he puesto mi confianza en lo que vive y no muere... ¿Cómo te había llamado, Víctor?

Mierda.

—Me ha llamado Víctor.

—¿Cómo he podido? Perdona.

—No tiene importancia. Lo mismo da un nombre que otro. ¿Qué tal desde ayer?

Puso cara de preocupado. Se veía que hacía un gran esfuerzo para recordar, pero desde que no se pasaba la vida vendiendo alfombras todos sus días eran iguales y eso daba blanco sobre blanco en su cabeza. Tenía la mano derecha encima de un libro muy gastado, el libro que había escrito Víctor Hugo y que debía estar muy acostumbrado a sentir aquella mano que apoyándose en él, como hacen los ciegos cuando alguien les ayuda a cruzar la calle.

—¿Desde ayer, me preguntas?

—Ayer u hoy, señor Hamil, no importa, todo es solamente tiempo que pasa.

—Pues hoy he estado todo el día aquí, Víctor.

Miré el libro sin saber qué decir. Hacía años que estaban juntos.

—Un día yo también escribiré un libro, señor Hamil. Y en él voy a ponerlo todo. ¿Qué es lo mejor que hizo el señor Víctor Hugo?

El señor Hamil miraba a lo lejos y sonreía moviendo la mano como para acariciar el libro. Le temblaban los dedos.

—No me hagas tantas preguntas, mi pequeño...

—Mohamed.

—...no me hagas tantas preguntas. Hoy estoy un poco cansado.

Cogí el libro y el señor Hamil se puso intranquilo. Miré el título y se lo dejé otra vez debajo de la mano.

—Aquí lo tiene, señor Hamil, ya puede tocarlo.

Miré cómo lo reseguía con los dedos.

—Tú no eres un chico como los demás, Víctor. Siempre lo supe.

—Algún día yo también escribiré los miserables, señor Hamil. ¿Tiene a alguien que le lleve después a casa?

—*Inch'Allah.* No faltará alguien, yo confío en Dios, Víctor.

Yo ya empezaba a estar harto, pues siempre me salía con el otro.

—Cuénteme algo, señor Hamil. Hábleme del viaje que hizo a Niza cuando tenía quince años.

No contestaba.

—¿Yo? ¿Un viaje a Niza?

—Cuando era joven.

—No me acuerdo. No me acuerdo de nada.

—Pues yo se lo contaré. Niza es un oasis a la orilla del mar, con bosques de mimosas y palmeras y príncipes rusos e ingleses que hacen batallas de flores. Hay payasos que bailan por la calle y confeti que cae del cielo sin olvidarse de nadie. Un día yo también iré a Niza cuando sea joven.

—¿Cómo, cuando seas joven? ¿Es que eres viejo? ¿Cuántos años tienes? Eres el pequeño Mohamed, ¿no?

—Ah, eso no lo sabe nadie, ni mi edad tampoco. No tengo una fecha. La señora Rosa dice que yo nunca tendré una edad porque soy diferente y nunca haré más que eso, ser diferente. ¿Se acuerda de la señora Rosa? Va a morir pronto.

Pero el señor Hamil se había perdido en su interior, porque la vida hace vivir a las personas sin darse cuenta de lo que les pasa. En la casa de enfrente vivía una tal señora Halaoui que antes de la hora del cierre iba a buscarlo y lo metía en la cama porque ella tampoco tenía a nadie. Ni siquiera sé si se conocían o era para no estar solos. Ella tenía un puesto de cacahuetes en Barbès y su padre también, cuando estaba vivo. Dije:

—¡Señor Hamil, señor Hamil!

Así, para recordarle que aún había alguien que le quería, que sabía su nombre y que sabía que tenía uno.

Me quedé un buen rato con él dejando pasar el tiempo, ése que va despacio y que no es francés. El señor Hamil siempre me decía que el tiempo viene lentamente del desierto, con sus caravanas de camellos y que no tiene prisa porque transporta la eternidad. Pero siempre es más bonito cuando se habla de él que cuando se le mira en la cara de un viejo que se deja robar un poco cada día. Si quieren conocer mi opinión, al tiempo hay que buscarlo entre los ladrones.

El dueño del café, al que ustedes seguramente conocen, porque es el señor Driss, se acercó a echarnos un vistazo. A veces el señor Hamil tenía necesidad de mear y había que llevarlo al lavabo antes de que las cosas se precipitaran. Pero no vayan a creer que el señor Hamil no fuera responsable ni valiera ya nada. Los viejos valen lo mismo que cualquiera, aunque vayan de baja. Sienten igual que ustedes y que yo y a veces eso les hace sufrir más aún que a nosotros, porque ellos ya no pueden defenderse. Pero la Naturaleza, que suele ponerse muy guarra, los ataca y los hace reventar poquito a poco. Entre nosotros es peor que en la Naturaleza, porque está prohibido abortar a los viejos cuando la Naturaleza va ahogándolos lentamente y a ellos se les salen los ojos de las órbitas. No era éste el caso del señor Hamil, que todavía podía envejecer mucho y morir a los ciento diez años y quién sabe si hasta llegar a campeón del mundo. Todavía tenía su plena responsabilidad y decía "pipí" cuando hacía falta, antes de que pasara a mayores y entonces el señor Driss lo cogía por el codo y lo llevaba personalmente al lavabo. Entre los árabes, cuando una persona es muy vieja y parece que va a ser despachada pronto, se la respeta y así se gana en las cuentas de

Dios, donde no hay beneficio pequeño. De todos modos, era triste para el señor Hamil que alguien tuviera que llevarle a mear y los dejé porque a mí me parece que a la tristeza no hay que buscarla.

Desde la escalera oí llorar a Moisés y subí corriendo por si le había ocurrido algo a la señora Rosa. Cuando entré, me pareció que aquello no podía ser verdad y hasta cerré los ojos para abrirlos mejor después.

El paseo en coche de la señora Rosa por todos los sitios en los que ella se había defendido le hizo un efecto fenomenal y en su cabeza se reanimó todo su pasado. Estaba en cueros en medio de la habitación, intentando vestirse para ir al trabajo, como cuando aún se defendía. Bueno, yo no he visto nada en mi vida y no tengo ningún derecho a decir lo que es espantoso y lo que no lo es tanto, pero les juro que la señora Rosa en cueros, con botas y unas bragas de blonda negras al cuello porque se había equivocado de prenda y unas tetas como no se pueden imaginar pegadas al vientre, les juro que es algo que no se ve en ninguna parte, aunque exista. Y además, intentaba menear el culo como si estuviera en un *sex-shop,* pero como su culo excedía de todas las posibilidades humanas... *siyyid!* Creo que aquélla fue la primera vez que recé una oración, la de los *mahboul,* pero ella seguía retorciéndose con una sonrisita pícara y un gato como no se lo deseo a nadie.

Yo comprendía que se debía al choque de recuerdos que había recibido al ver los lugares en los que había sido feliz, pero hay veces en las que comprender no arregla nada, sino todo lo contrario. Estaba tan maquillada que lo demás parecía más desnudo y con los labios hacía unos mohínes en forma de culo de gallina francamente asqueroso. Moisés estaba berreando en un rincón, pero yo sólo pude decir: "Señora Rosa, señora Rosa" y salí corriendo. No para huir, pues esto no existe, sino sólo para no estar más allí.

Corrí un buen trecho y cuando estuve más tranquilo me senté en un portal oscuro, detrás de unos cubos de basura que esperaban turno. No lloré, porque ya no valía la pena. Cerré los ojos, escondí la cara en las rodillas, de vergüenza, esperé un rato y luego hice venir a un poli. Era el poli más fuerte que puedan imaginar. Era millones de veces más importante que todos los demás y con más fuerzas armadas que nadie para la seguridad. Tenía a su disposición hasta carros blindados y a su lado no tenía nada que temer, porque él aseguraría mi autodefensa. Me sentía tranquilo, porque él tomaba toda la responsabilidad. Me puso paternalmente su brazo todopoderoso en los hombros y me preguntó si estaba herido a consecuencia de los golpes que había recibido. Le dije que sí, pero que no serviría de nada ir al hospital. Él permaneció un buen rato con su mano en mi hombro y yo sentía que él se ocuparía de todo y que sería como un padre para mí. Ya estaba más tranquilo y empezaba a comprender que lo mejor para mí sería irme a vivir allí donde nada es verdad. El señor Hamil, cuando todavía estaba con nosotros, decía siempre que eran los poetas los que aseguraban el otro mundo y, de repente, sonreía al recordar que me había llamado Víctor. Quizá con eso me prometía a Dios. Vi después unos pájaros blancos y rosa, que podían hincarse y con un cordel en la punta para que pudiera ir con ellos muy lejos y me quedé dormido.

Estuve durmiendo un buen rato y después me fui al café de la esquina de la calle Bisson, donde hay mucho negro, por los tres hogares africanos de al lado. En África es muy distinto. Ellos tienen sus tribus y cuando eres de una tribu es como si estuvieras en una gran familia. Allí estaba el señor Aboua del que aún no les he hablado porque no puedo decirlo todo y por esto lo nombro ahora. Él ni siquiera habla francés y alguien tiene que hacerlo por él. Me quedé allí un buen rato con el señor Aboua que ha venido de la Costa de Marfil. Nos cogimos de la mano y lo pasamos muy bien, yo con mis diez años y él con sus veinte que es una diferencia que a él le gustaba y a mí también. El señor Soko, el dueño, me dijo que no me quedara mucho rato porque no quería líos con la protección de menores y un chiquillo de diez años podía producirle complicaciones por eso de las drogas, que es lo primero que piensa la gente al ver a un chico. En Francia los menores están muy protegidos y los llevan a la cárcel cuando nadie se ocupa de ellos.

El señor Soko también tiene hijos, pero los dejó en la Costa de Marfil porque allí tiene más mujeres que aquí. Yo sabía bien que no tenía ningún derecho a estar en un local público de bebidas sin mis padres, pero, francamente, no tenía ganas de volver a casa. Sólo de pensar en el estado en que había dejado a la señora Rosa se me ponía la carne de gallina. Bastante terrible era ya verla morir poco a poco sin conocimiento de causa, pero en cueros, con una sonrisa gorrina, sus noventa y cinco kilos en espera de un cliente y un culo que ya no tenía nada de humano, era algo que pedía a gritos una ley para poner fin a sus sufrimientos. Todo el mundo habla de defender las leyes de la Naturaleza, pero yo me inclino por las piezas de recambio. De todos modos, no puede uno vivir siempre en una tasca y volví a casa. Mientras subía la escalera, iba diciéndome que tal vez la señora Rosa se había muerto y que ya no quedaba nadie para sufrir.

Abrí la puerta despacito para no darme miedo y lo primero que vi fue la señora Rosa completamente vestida en medio del cuarto y con un maletín al lado. Parecía estar en un andén, esperando el Metro. La miré en seguida a la cara y vi que no estaba en sus cabales. Si estaría ausente que parecía completamente feliz. Sus ojos iban lejos, muy lejos y tenía puesto un sombrero que no le caía nada bien, porque esto no era posible, pero que por lo menos la tapaba un poco por arriba. Hasta sonreía, como si acabaran de darle una buena noticia. Llevaba un vestido azul con margaritas y había sacado su bolso de puta del fondo del armario donde lo guardaba por motivos sentimentales y que yo le conocía bien, dentro había todavía varios preservativos, y miraba a través de la pared, como si estuviera a punto de tomar el tren para siempre.

—¿Qué hace usted aquí, señora Rosa?

—Van a venir a buscarme. Ellos se ocuparán de todo. Han dicho que esperásemos aquí, van a venir con los camiones para llevarnos al Velódromo con lo estrictamente indispensable.

—¿Quiénes van a venir?

—La Policía francesa.

Yo no entendía nada. Moisés me hacía señas desde la otra habitación, tocándose la cabeza con el dedo. Ella tenía su bolso de puta en la mano y la maleta al lado y esperaba como si temiera llegar tarde.

—Nos han dado una hora y nos han dicho que cogiéramos sólo una maleta. Nos meterán en un tren y nos llevarán a Alemania. Ya no tendré más problemas, ellos se ocuparán de todo. Nos han dicho que no nos harán ningún daño y tendremos casa, comida y ropa.

Yo no sabía qué decir. Era posible que volvieran a llevar a los judíos a Alemania, puesto que los árabes no los querían. Cuando estaba en sus cabales, la señora Rosa me contaba que el señor Hitler había hecho un Israel judío en Alemania para darles a todos un hogar y allí los acogían pero sin los dientes, los huesos, la ropa y el calzado en buen uso que les quitaban para aprovecharlos. Pero yo no comprendía por qué iban a ser siempre los alemanes los únicos que se ocuparan de los judíos ni por qué iban a darles más hogares, cuando lo natural sería que ahora les tocase hacerlo a otros, ya que todos los pueblos debían sacrificarse. A la señora Rosa le gustaba recordarme que ella también había sido joven. Bueno, yo sabía todas estas cosas porque vivía con una judía y con los judíos esto acaba siempre por saberse, pero no comprendía por qué iba la Policía francesa a ocuparse de la señora Rosa que era vieja y fea y no ofrecía el menor interés en ningún aspecto. Yo sabía también que la señora Rosa había vuelto a la infancia a causa de su enfermedad y que eso lo hace la senilidad débil, pues me lo había advertido el doctor Katz. Ella debía de creer que era joven, como antes, cuando se había vestido de puta y allí estaba tan contenta con su maletín porque volvía a tener veinte años, esperando que sonara la campanilla para volver al Velódromo y al hogar judío de Alemania. Ahora volvía a ser joven.

Yo no sabía qué hacer porque no quería contrariarla, pero estaba seguro de que la Policía francesa no vendría a casa para devolver a la señora Rosa sus veinte años. Me senté en un rincón agachando la cabeza para no verla. Es todo lo que podía hacer por ella. Menos mal que se le pasó y ella fue la más sorprendida al verse allí de pie, con la maleta, el sombrero, el vestido azul de las margaritas y su bolso lleno de recuerdos. Pero yo pensé que valdría más no decirle nada de lo ocurrido, pues se veía que se le había olvidado. Era la amnistía y el doctor Katz ya me había avisado que cada vez tendría más, hasta el día en que ya no se acordara de nada y era posible que aún viviera muchos años en un estado de embotamiento.

—¿Qué ha pasado, Momo? ¿Qué estoy haciendo aquí con la maleta como si me fuera de viaje?

—Ha estado soñando, señora Rosa. Pero soñar un poco no hace daño a nadie.

Ella me miraba con desconfianza.

—Momo, tienes que decirme la verdad.

—Le juro que es la verdad. No tiene cáncer, el doctor Katz está bien seguro. Puede estar tranquila.

Ella pareció calmarse. Era bueno no tenerlo.

—¿Cómo es posible que me encuentre aquí sin saber cómo ni por qué? ¿Qué es lo que tengo, Momo?

Se sentó en la cama y se echó a llorar. Yo me levanté, me senté a su lado y le cogí una mano. A ella le gustaba. En seguida me sonrió y me arregló un poco el pelo para que estuviera guapo.

—Es sólo la vida, señora Rosa, y con eso se vive muchos años. Dice el doctor Katz que es usted una persona de su edad y hasta le dio un número para esto.

—¿La tercera edad?

—Eso.

Ella reflexionó un momento.

—No lo entiendo. Yo acabé mi menopausia hace mucho tiempo. Incluso trabajaba. ¿No tendré un tumor cerebral, Momo? Porque si es maligno, eso tampoco perdona.

—No me dijo que no perdonara. No me habló de lo que perdona ni de lo que no perdona. Ni siquiera dijo nada de perdón. Sólo que usted tenía esa edad. Tampoco dijo nada de amnistía.

—Querrás decir de amnesia.

Moisés, que maldita la falta que estaba haciendo allí, se echó a llorar. Era lo único que me faltaba.

—¿Qué pasa, Moisés? ¿No me dicen la verdad? ¿Se callan alguna cosa? ¿Por qué llora ese chico?

Mierda, mierda y mierda, los judíos siempre están llorando entre ellos. Hasta les han hecho una pared para eso. Mierda.

—¿No será arteriosclerosis cerebral?

Yo estaba ya hasta las narices, lo juro. Tan harto estaba que me daban ganas de ir a ver al mahoute y ponerme una inyección casera, aunque no fuera más que para mandar a todo el mundo al cuerno.

—¡Momo! ¿No será arteriosclerosis cerebral? Eso no perdona.

—¿Sabe usted de muchas cosas que perdonen, señora Rosa? ¡Me cago en la tumba de mi madre!

—No digas eso. Tu pobre madre... Quizás esté viva.

—No se lo deseo. Porque aunque esté viva sigue siendo mi madre.

Me miró de un modo extraño y luego sonrió.

—Has madurado mucho, Momo. Ya no eres un niño. Un día...

Iba a decir algo pero se contuvo.

—Un día, ¿qué?

Parecía sentirse culpable.

—Un día cumplirás catorce años. Y luego quince. Y no querrás saber nada de mí.

—No diga burradas. Yo no voy a dejarla. No va conmigo.

Esto la tranquilizó y fue a cambiarse. Se puso su quimono japonés y se perfumó detrás de las orejas. No sé por qué se perfumaba siempre detrás de las orejas. A lo mejor para que no se viera. Después la ayudé a sentarse en su butaca, porque le costaba trabajo doblarse. Estaba bastante bien para todo lo que tenía. Parecía triste e intranquila y yo estaba contento de verla en su estado normal. Hasta lloró un poco, prueba de que iba mejor.

—Ya eres un chico mayor, Momo. Eso demuestra que comprendes las cosas.

Era mentira, yo no comprendía nada, pero no era el momento de discutir.

—Ya eres mayor. Conque escúchame...

Aquí se le fue el hilo y se quedó unos segundos parada como un coche averiado. Yo esperé que volviera a ponerse en marcha cogiéndole una mano, porque, de todos modos, no era un coche averiado. Una de las tres veces que fui a verle después, el doctor Katz me dijo que había un americano que se pasó diecisiete años en el hospital sin enterarse de nada, como una hortaliza, mientras le conservaban la vida por medios médicos y que aquello era una marca mundial. Todos los campeones del mundo están en América. El doctor Katz me dijo que no se podía hacer nada por ella, pero que en el hospital, con buenos cuidados, podía durar aún unos años.

Lo malo es que la señora Rosa no tenía Seguridad Social porque era clandestina. Desde la redada de la Policía francesa, cuando la señora Rosa era todavía joven y útil, como he tenido el honor de decirles, no había querido figurar en ningún sitio. De todos modos, yo conozco en Belleville a muchos judíos que tienen tarjetas de identidad y toda clase de papeles que los traicionan, pero la señora Rosa no quería correr el riesgo de figurar en debida forma en unos papeles porque en cuanto la gente sabe quién eres te lo echa en cara. La señora Rosa no era nada patriota y lo mismo le daba que fuera uno norteafricano, árabe, maliano o judío, pues no tenía principios. Muchas veces me decía que todos los pueblos tienen su lado bueno y que por esto existen esas personas llamadas historiadores que hacen estudios e investigaciones especiales. Como les decía, la señora Rosa no figuraba en ninguna parte y tenía papeles falsos para demostrar que no tenía nada que ver consigo misma. De manera que no cobraba de la Seguridad.

De todos modos, el doctor Katz me dijo para tranquilizarme que si se llevaba al hospital un cuerpo todavía vivo pero incapaz de defenderse no lo echaban a la calle, porque ¿a dónde podría ir?

Esto pensaba yo mirando a la señora Rosa mientras su cabeza se había ido de picos pardos. Es lo que se llama senilidad débil acelerada, primero con idas y venidas y después a título definitivo, chocho, para abreviar, que viene de chochear y chochera, hablando con palabras médicas. Yo le acariciaba la mano para animarla a volver y nunca la había querido tanto como ahora que estaba pocha y vieja y pronto no sería un ser humano.

Yo no sabía qué hacer. No teníamos dinero ni yo era lo bastante mayor para escapar a las leyes contra los menores. Parecía tener más de diez años y sabía que gustaba a las putas que no tienen a nadie, pero la Policía la había tomado con los proxenetas y yo tenía miedo de los yugoslavos que hacen una competencia terrible.

Moisés trató de animarme diciéndome que la familia judía que se había hecho cargo de él le trataba muy bien y que también yo podía espabilarme para encontrar a alguien. Al marcharme me prometió que volvería todos los días para echarme una mano. Había que limpiar a la señora Rosa que ya no podía defenderse sola. Aun estando en sus cabales tenía dificultades para esto. Y es que con aquellas nalgas no había manera de que la mano le llegara al sitio preciso. Le daba mucho apuro que la limpiaran los demás, a causa de su feminidad, pero ¡qué se le va a hacer! Moisés volvió el día siguiente tal como había prometido y entonces se produjo la catástrofe nacional de la que he tenido el honor de hablarles y que me hizo envejecer de golpe.

Fue el día siguiente de aquél en que el mayor de los Zaoum nos había traído un kilo de harina, aceite y carne para hacer albóndigas, pues desde que la señora Rosa se había deteriorado eran muchas las personas que nos mostraban su lado bueno. Yo marqué aquel día con una piedra blanca, que es una bonita expresión.

La señora Rosa iba mejor dentro de sus altos y sus bajos. Unas veces se cerraba del todo y otras permanecía abierta. Un día daré las gracias a todos los vecinos que nos ayudaron, como el señor Waloumba que tragaba fuego en el bulevar Saint-Michel para interesar en su caso a los transeúntes y que subió a hacer un número muy bonito delante de la señora Rosa con la esperanza de suscitar su atención.

El señor Waloumba es un negro del Camerún que vino a Francia para barrerla, dejando a todas sus esposas y sus hijos en su país por motivos económicos. Tenía un talento olímpico para tragar fuego y a esto dedicaba todas sus horas libres. La Policía no lo veía con buenos ojos porque provocaba aglomeraciones, pero él tenía un permiso para tragar fuego que era irreprochable. Cuando yo veía que la señora Rosa ponía ojos extraviados y empezaba a babear en el otro mundo, corría en busca del señor Waloumba que compartía su domicilio legal con otras ocho personas de su tribu en una habitación que les había sido concedida en el quinto piso. Si estaba en casa, subía inmediatamente con su antorcha encendida y se ponía a vomitar fuego delante de la señora Rosa. No era sólo para divertir a una enferma agravada por la tristeza, sino también para hacerle un tratamiento de choque, porque el doctor Katz decía que muchas personas que estaban en el hospital habían mejorado con este tratamiento, a base de encenderles bruscamente la electricidad. El señor Waloumba también opinaba que aquello era muy bueno y decía que muchas veces los viejos recobran la memoria cuando se les mete miedo y que él en África había curado así a un sordomudo. Los viejos caen muchas veces en una tristeza todavía mayor cuando se les lleva al hospital para siempre. El doctor Katz dice que esta edad no tiene compasión y que a partir de los sesenta y cinco o setenta años uno ya no interesa a nadie.

Pasábamos horas y horas tratando de meterle miedo a la señora Rosa para que la sangre le hiciera reacción. El señor Waloumba está terrible cuando se pone a tragar fuego y a echar unas llamas que llegan hasta el techo, pero la señora Rosa tenía uno de esos baches llamados letargos en los que todo le importaba un pimiento y no había manera de impresionarla. El señor Waloumba estuvo escupiendo llamas durante media hora, pero ella seguía con aquellos ojos redondos y pasmados como si fuera una estatua de esas que no sienten porque para eso las hacen de piedra o de madera. Él probó otra vez y entonces la señora Rosa salió de su estado bruscamente y al ver un negro con el torso desnudo escupiendo fuego delante de ella, dio un alarido que no se pueden imaginar. Tuvimos que sujetarla para que no saliera corriendo. Después dijo que no quería que en su casa se escupiera fuego nunca más y que no quería volver a hablar del asunto. La pobre no sabía que estaba chocha, creía que había tenido un sueño y que nosotros la habíamos despertado. Y cualquiera le decía la verdad.

Otro día, el señor Waloumba vino con cinco amigos tribunos suyos y estuvieron bailando todos alrededor de la señora Rosa para echar a los malos espíritus que cuando tienen un rato libre atacan a ciertas personas. Los hermanos del señor Waloumba eran muy conocidos en Belleville y la gente iba a buscarlos para esta ceremonia cuando tenía algún enfermo que pudiera ser tratado a domicilio. El señor Driss del café se reía de estas cosas, que él llamaba "prácticas", y decía que el señor Waloumba y sus hermanos de tribu hacían medicina negra.

El señor Waloumba y los suyos subieron a casa una noche en que la señora Rosa tenía una de sus ausencias y estaba sentada en la butaca con ojos de no ver. Venían medio desnudos y pintados de colores, con unas caras terribles para dar miedo a los demonios que los trabajadores negros traen con ellos a Francia. Dos se sentaron en el suelo con sus tambores y los otros tres se pusieron a bailar alrededor de la butaca de la señora Rosa. El señor Waloumba tocaba un instrumento de música especial y lo de aquella noche fue realmente de lo mejor que puede verse en Belleville. Pero la cosa no dio resultado porque, por lo visto, a los judíos no les hace efecto y el señor Waloumba nos explicó que era cuestión de religión. Él pensaba que la religión de la señora Rosa contraatacaba e impedía la curación. Esto me extrañó mucho, pues la señora Rosa estaba en un estado tal que no se veía dónde podía meterse la religión.

Si quieren saber mi opinión, a partir de cierto momento los judíos dejan de ser judíos, hasta tal punto no son nada. No sé si me hago entender, pero tampoco importa porque si me entendieran seguramente iba a ser todavía peor.

Al cabo de un rato, los hermanos del señor Waloumba empezaron a desanimarse, pues la señora Rosa seguía como si tal cosa y el señor Waloumba me explicó que en aquel estado los malos espíritus hacían fracasar todos sus intentos y sus esfuerzos no llegaban hasta ella. Nos sentamos todos en el suelo alrededor de la judía para descansar. Y es que en África son mucho más numerosos que en Belleville y para combatir a los malos espíritus pueden hacer turnos, como en la fábrica "Renault". El señor Waloumba trajo aguardiente y huevos de gallina y todos merendamos alrededor de la señora Rosa que tenía la mirada extraviada y parecía estar buscándola.

Mientras comíamos, el señor Waloumba nos explicó que respetar y cuidar a los ancianos era más fácil en su país que en una ciudad tan grande como París, donde hay miles de calles, pisos, rincones y escondites en los que se quedan olvidados, y que no se puede utilizar al Ejército para buscarlos porque el Ejército está para ocuparse de los jóvenes. Si el Ejército se pasara el tiempo ocupándose de los viejos, dejaría de ser el Ejército francés. Me dijo que había decenas de millares de nidos de viejos en las ciudades y en el campo, pero que no hay quien sepa dar razón de ellos para encontrarlos y se vive en la ignorancia. En un país grande y hermoso como Francia, un viejo o una vieja son algo que da pena ver y bastantes preocupaciones tiene ya la gente. Los viejos y las viejas no sirven para nada ni son de utilidad pública, por lo que lo mejor es dejarlos en paz. En África la gente vive reunida en unas tribus en las que los viejos están muy solicitados, por lo mucho que pueden hacer por uno cuando se mueren. En Francia no hay tribus por culpa del egoísmo. El señor Waloumba dice que Francia está completamente destribalizada y que por esto hay grupos armados que salen a la calle cogidos del brazo para intentar hacer algo. El señor Waloumba dice que los jóvenes necesitan tener tribus porque sin tribus son como gotas de agua en el mar y se vuelven majaretas. El señor Waloumba dice que todo se hace tan a lo grande que por menos de mil no vale la pena ponerse a contar. Y por eso los viejecitos y las viejecitas que no pueden formar grupos armados para existir, desaparecen sin dejar señas y viven en sus nidos llenos de polvo. Nadie sabe que están allí, sobre todo en las buhardillas sin ascensor, ya que no pueden señalar su presencia dando gritos porque están demasiado débiles. El señor Waloumba dice que habría que traer de África mucha mano de obra extranjera para que se pusiera a buscar viejos a las seis de la mañana y se llevara a los que empiezan a oler mal porque nadie va a comprobar si el viejo o la vieja están vivos todavía y hasta que alguien le dice a la portera que en la escalera huele mal no se explican ciertas cosas.

El señor Waloumba habla muy bien y siempre como si fuera el jefe. Tiene la cara llena de cicatrices que son marcas de importancia que le hacen ser muy respetado en su tribu y saber de qué está hablando. Sigue viviendo en Belleville y un día iré a verle.

Me enseñó un truco muy útil para distinguir a una persona viva de una persona completamente muerta. Se levantó, cogió un espejo de la cómoda y lo puso delante de los labios de la señora Rosa. En el lugar sobre el que ella respiró, el espejo quedó gris. No había otro modo de saber si respiraba, ya que sus pulmones no podían levantar tanto peso. Esto sirve para distinguir a los vivos de los otros. El señor Waloumba dice que es lo primero que hay que hacer cada mañana con las personas de cierta edad que están en las buhardillas sin ascensor, para ver si tienen sólo senilidad o ya están cien por cien muertas. Si el espejo se pone gris es que todavía respiran y no hay que tirarlas.

Pregunté al señor Waloumba si no podríamos enviar a la señora Rosa a su tribu de África para que pudiera disfrutar de las ventajas que tienen los viejos de allá. Él se echó a reír, con sus dientes tan blancos, y sus hermanos de la tribu de basureros también se rieron y se pusieron a hablar en su lengua. Luego me explicaron que la vida no es tan fácil, que hacen falta pasajes de avión, dinero y permisos y que de la señora Rosa tendría que ocuparme yo hasta que la muerte nos separe. En aquel momento, vimos en la cara de la señora Rosa una pizca de inteligencia y los hermanos de raza del señor Waloumba se levantaron en seguida y se pusieron a bailar a su alrededor, tocando los tambores y cantando con unas voces como para despertar a un muerto, cosa que está prohibida después de las diez de la noche por causa del orden público y del sueño de los justos, pero en la casa hay muy pocos franceses y aquí son menos furiosos que en otros lugares. El señor Waloumba cogió también su instrumento de música que no puedo describirles porque es especial y hasta Moisés y yo entramos en el baile para exorcizar a la judía, pues empezaba a dar señales y había que animarla. Pusimos en fuga a los demonios y la señora Rosa recobró el sentido; pero al verse rodeada de negros medio desnudos, con la cara verde, blanca, azul y amarilla, bailando y ululando como pieles rojas, mientras el señor Waloumba tocaba su magnífico instrumento, se llevó tal susto que empezó a gritar pidiendo socorro y trató de huir y no se calmó hasta que reconoció a Moisés y a mí y entonces nos llamó hijos de puta y cabritos, lo que demostraba que ya volvía a ser ella. Todos nos felicitamos y el señor Waloumba el primero. Ellos se quedaron un ratito haciendo tertulia y la señora Rosa pudo ver que no llevaban malas intenciones ni iban a darle el tirón. De todos modos, todavía no estaba muy fina y dio las gracias al señor Waloumba en judío, que en esta lengua se llama yiddish, pero no tenía importancia, porque el señor Waloumba era un buen sujeto.

Cuando ellos se fueron, entre Moisés y yo desnudamos a la señora Rosa de pies a cabeza y la lavamos con lejía, pues durante su ausencia se había ensuciado. Después le empolvamos el culo con talco de bebés y la pusimos otra vez en la butaca que tanto le gustaba a ella. Nos pidió un espejo y se pintó. Sabía muy bien que tenía aquellos baches, pero trataba de tomárselo con un buen humor judío y decía que mientras estaba en Babia no tenía preocupaciones y que todo eso que salía ganando. Moisés bajó a hacer la compra con nuestros últimos ahorros y ella nos preparó un guiso sin equivocarse en nada y nadie hubiera dicho que dos horas antes estaba en la luna. Es lo que el doctor Katz llama en medicina remisión de la pena. Después se sentó, pues en seguida se cansaba. Envió a Moisés a fregar los cacharros y se dio aire con su abanico japonés, mientras reflexionaba envuelta en su quimono.

—Momo, ven aquí.

—¿Qué pasa? ¿Va a largarse otra vez?

—No, espero que no. Pero si esto continúa me llevarán al hospital. Yo no quiero ir. Tengo sesenta y siete años...

—Sesenta y nueve.

—Bueno, sesenta y ocho. No soy tan vieja como parezco. Mira, Momo, yo no quiero ir al hospital. Allí van a martirizarme.

—No diga estupideces. En Francia no se martiriza a nadie. Aquí no estamos en Argelia.

—Me harán vivir a la fuerza, Momo. Es lo que hacen siempre en el hospital, para eso tienen sus leyes. Yo no quiero vivir más de lo necesario y ya no es necesario. Hay un límite hasta para los judíos. Me harán pasarlas moradas para impedir que me muera. Tienen una cosa que se llama el Colegio de Médicos que está sólo para eso. Te hacen rabiar hasta el fin y no quieren concederte el derecho a morir porque sería un privilegio. Yo tenía un amigo que ni siquiera era judío, pero no tenía brazos ni piernas a causa de un accidente. Le tuvieron diez años en el hospital, haciéndole sufrir para estudiar su circulación. Momo, yo no quiero vivir sólo porque la medicina lo exija. Sé que se me va la cabeza y no estoy dispuesta a vivir años en coma para darle gusto a la medicina. De manera que si te enteras de que van a llevarme al hospital les pides a tus amigos que me pongan la inyección y que tiren mis restos en el campo. Que sea entre unos matorrales, no en cualquier sitio. Yo estuve diez días en el campo después de la guerra y nunca había respirado tanto. Para mi asma es mejor el campo que la ciudad. Les he dado el culo a los clientes durante treinta y cinco años, y ahora no quiero dárselo a los médicos. ¿Me lo prometes?

—Prometido.

—*Jairem?*

—*Jairem.*

Entre nosotros esto significa "lo juro", como ya he tenido el honor de decirles.

Yo a la señora Rosa le hubiera prometido cualquier cosa con tal de hacerla feliz, porque la felicidad puede servir incluso cuando se es muy viejo, pero en aquel momento llamaron a la puerta y entonces fue cuando se produjo aquella catástrofe nacional que todavía no me ha cabido aquí y que me dio una gran alegría, ya que me permitió crecer varios años de golpe, aparte de lo demás.

Llamaron a la puerta, fui a abrir y era un tipejo más triste de lo normal, con una nariz larga y caída y unos ojos de esos que se ven por todas partes, pero más asustados. Estaba muy pálido, sudaba y respiraba de prisa, con la mano en el corazón, no por sentimiento, sino porque el corazón es lo peor que hay para las escaleras. Llevaba el cuello del abrigo subido y no tenía pelo como muchos calvos. Sostenía el sombrero en la mano como para demostrar que lo tenía. Yo no sabía de dónde habría salido, pero en mi vida había visto un tipo tan flojo. Me miró con cara de miedo y yo hice otro tanto porque les aseguro que no había más que verle para pensar que el mundo se caía encima y sentir pánico.

—¿La señora Rosa?

En estos casos hay que ser prudente porque los desconocidos no suben seis pisos para dar una alegría.

Me hice el tonto porque la edad me lo permite.

—¿Quién?

—La señora Rosa.

Lo pensé un poco. En estos casos, es mejor ganar tiempo.

—No soy yo.

Suspiró, sacó un pañuelo, se secó la frente e hizo otra vez lo mismo pero al revés.

—Soy un enfermo. Acabo de salir del hospital donde he estado once años. He subido estos seis pisos sin permiso del médico. He venido para ver a mi hijo antes de morir. Tengo derecho a ello. Para eso hay leyes hasta entre los salvajes. Quisiera sentarme un momento, descansar y ver a mi hijo. Nada más. ¿Es aquí? Confié mi hijo a la señora Rosa hace quince años. Tengo un recibo.

Hurgó en un bolsillo del abrigo y sacó una hoja de papel arrugada a más no poder. Leí lo que pude gracias al señor Hamil a quien todo se lo debo. Sin él, no sería nada. *He recibido del señor Kadir Yussef quinientos francos de anticipo por el pequeño Mohamed, de estado musulmán, 7 de octubre de 1956.* Sí, tuve un sobresalto, pero estábamos en el 70, saqué la cuenta y daba catorce años. No podía ser yo. La señora Rosa podía haber tenido montones de Mohamed, pues en Belleville abundan.

—Espere, voy a ver.

Fui a decir a la señora Rosa que había un tío con mala pinta que iba a buscar a su hijo y ella le entró en seguida un miedo atroz.

—¡Dios mío, Momo! Sólo estáis tú y Moisés.

—Entonces debe de ser Moisés —le dije en legítima defensa, pues tenía que ser él o yo.

Moisés se había quedado dormido en la habitación de al lado. Era el más dormilón de todos los dormilones que he visto en mi vida.

—Quizá quiera hacer cantar a la madre —dijo la señora Rosa—. Bueno, ahora lo veremos. A mí no me asustan los chulos. No puede probar nada. Tengo falsos papeles en regla. Que pase. Si se pone duro, te vas a buscar al señor N'Da.

Hice pasar al tipo. La señora Rosa llevaba bigudíes en los tres pelos que le quedaban, estaba maquillada y tenía puesto su quimono japonés rojo. Cuando él la vio, se sentó inmediatamente en el borde de una silla. Le temblaban las rodillas. La señora Rosa también temblaba, pero a ella se le notaba menos, pues los temblores no tenían fuerza para mover tanto peso. Pero tiene unos ojos castaños muy bonitos, si no se mira lo demás. El señor se había sentado en el borde de la silla, con el sombrero sobre las rodillas y frente a la señora Rosa que estaba en su butaca como en un trono. Yo permanecí de espaldas a la ventana, para que se me viera menos, pues uno nunca sabe lo que puede ocurrir. No me parecía en nada a aquel tipo, pero en mi vida me atengo siempre a una regla de oro, la de que vale más no correr riesgos. Además, él me miraba atentamente, como buscando una nariz que se le hubiera extraviado. Estábamos todos callados, porque nadie quería ser el primero en hablar, del miedo que teníamos. Yo fui a buscar a Moisés, pues aquel sujeto tenía un recibo en debida forma y había que darle alguna satisfacción.

—¿Quería usted...?

—Hace once años le confié a mi hijo —dijo él haciendo esfuerzos para hablar, pues le costaba trabajo recobrar el aliento—. No he podido dar señales de vida hasta ahora porque estaba en el hospital. Ni siquiera tenía sus señas. Cuando me encerraron me lo quitaron todo. Su recibo estaba en casa del hermano de mi pobre mujer que murió trágicamente, como usted no ignora. Me han soltado esta mañana, he ido a buscar el recibo y he venido. Me llamo Kadir Yussef y quiero ver a mi hijo Mohamed.

Aquel día la señora Rosa tenía la cabeza en su sitio y esto nos salvó.

Yo noté que se había puesto pálida, pero había que conocerla, porque con tanto maquillaje no se veía más que rojo y azul. Se colocó las gafas, lo cual le iba siempre mejor que nada y miró el recibo.

—¿Cómo dice?

El tipo por poco se echa a llorar.

—Señora, soy un enfermo.

—¿Y quién no, y quién no? —dijo la señora Rosa piadosamente y hasta levantó los ojos al cielo como para darle gracias.

—Señora, me llamo Kadir Yussef, Yuyú para los enfermeros. He estado once años psiquiátrico, después de aquella tragedia de la que soy totalmente irresponsable.

Entonces me acordé de pronto de que la señora Rosa siempre estaba preguntándole al doctor Katz si yo no sería también psiquiátrico. O hereditario. Bueno, de todos modos me importaba un rábano. No se trataba de mí. Yo tenía diez años, no catorce. Mierda.

—¿Y cómo dice que se llamaba su hijo?

—Mohamed.

La señora Rosa lo miró fijamente de un modo que me dio más miedo todavía.

—¿Y del nombre de la madre, se acuerda usted?

Entonces creí que el tipo se moría. Se puso verde, abrió la boca y empezaron a temblarle las rodillas y a saltársele las lágrimas.

—Señora, usted sabe bien que yo era irresponsable. Así se reconoció y certificó. Si mi mano lo hizo, yo no tengo la culpa. No me encontraron sífilis, por más que digan los enfermeros que todos los árabes somos sifilíticos. Lo hice en un momento de locura. Que Dios la haya perdonado. Ahora soy muy piadoso. A cada hora rezo por su alma. Y falta le hará, con el oficio que tenía. Obré en un arrebato de celos. Imagine que hacía hasta veinte pases al día. Al fin me puse celoso y la maté, ya lo sé. Pero no soy responsable. Me reconocieron los mejores médicos de Francia. Después no me acordaba de nada. La quería con locura. No podía vivir sin ella.

La señora Rosa se rió burlonamente. Yo nunca la había visto así y era algo... No, no puedo explicárselo. Me heló las nalgas.

—Claro que no podía vivir sin ella, señor Kadir. Aixa le reportaba cien mil machacantes al día desde hacía años. Y la mató para que le reportara más.

El tipo lanzó un grito y se echó a llorar. Era la primera vez que yo veía llorar a un árabe que no fuera yo. Si me tendría sin cuidado que hasta me dio lástima.

La señora Rosa aflojó en seguida. Le daba gusto haberle cortado los cojones a aquel tío. Debía de sentirse todavía mujer.

—Y por lo demás, ¿está usted bien, señor Kadir?

El tipo se secó los ojos con el puño. No tenía fuerzas ni para sacar el pañuelo. Quedaba demasiado lejos.

—Bien, señora Rosa. Moriré pronto. El corazón...

—*Mazltov* —dijo la señora Rosa bondadosamente, que en judío quiere decir felicidades.

—Gracias. Quisiera ver a mi hijo, si me hace el favor.

—Me debe usted tres años de pensión, señor Kadir. Hace once años que no ha dado señales de vida.

El tipo dio un brinco de su silla.

—¡Señales de vida, señales de vida, señales de vida! —repitió con los ojos puestos en el cielo donde a todos nos esperan—. ¡Señales de vida!

No se puede decir que hablara como indica la palabra y a cada exclamación saltaba como si le patearan las nalgas sin ninguna consideración.

—¡Señales de vida! Quiere usted reírse...

—Eso es lo último que quiero —le aseguró la señora Rosa—. Dejó tirado a su hijo como una mierda, según la expresión de la palabra.

—¡Pero yo ni siquiera tenía sus señas! El tío de Aixa se llevó el recibo al Brasil... ¡Yo estaba encerrado! ¡He salido esta mañana! He ido a casa de su nuera en Kremlin-Bicêtre. Allí han muerto todos, menos la madre que ha heredado y que recordaba algo vagamente. ¡El recibo estaba sujeto con un alfiler a la foto de Aixa como madre e hijo! ¡Señales de vida! ¿Qué quiere decir señales de vida?

—Dinero —dijo la señora Rosa con sentido común.

—¿Y de dónde voy a sacarlo?

—Ésas son cosas en las que no quiero meterme —dijo la señora Rosa ventilándose la cara con su abanico japonés.

El señor Kadir estaba tragando tanto aire que la nuez le subía y le bajaba como un ascensor rápido.

—Cuando le confiamos al niño, yo estaba en plena posesión de todos mis medios. Tenía tres mujeres trabajando en Les Halles, y a una de ellas la quería con locura. Podía permitirme dar a mi hijo una buena educación. Hasta tenía un nombre en la sociedad. Yussef Kadir, bien conocido de la Policía. Sí, señora, *bien conocido de la Policía,* así lo ponía el periódico con todas sus letras. *Yussef Kadir, bien conocido de la Policía... Bien* conocido, señora, no *mal* conocido. Después me cogió la irresponsabilidad y labré mi desgracia...

El tipo lloraba como una judía vieja.

—No hay derecho a dejar a un hijo tirado como una mierda, sin pagar —dijo la señora Rosa severamente.

Lo único que a mí me interesaba era saber si aquel Mohamed era yo. Si era yo, entonces no tenía diez años sino catorce y esto era importante, pues significaba que era mucho menos crío y esto es lo mejor que puede ocurrirle a cualquiera. Moisés, que estaba de pie en la puerta escuchando, tampoco se quemaba la sangre, pues si el fulano se llamaba Kadir y Yussef no podía ser judío ni por chiripa. Observarán que no he querido decir que ser judío sea una chiripa porque también ellos tienen sus problemas.

—Señora, no sé si me habla de verdad en ese tono o si me equivoco porque me imagino cosas a causa de mi estado psiquiátrico, pero he estado once años aislado del mundo exterior por lo que me encontraba en una imposibilidad material. Aquí tengo un certificado médico que lo atestigua...

Empezó a buscar nerviosamente en sus bolsillos. Era una de esas personas que no están seguras de nada y podía ser que no tuviera el papel psiquiátrico que creía tener, ya que era precisamente por imaginar cosas por lo que lo habían encerrado. Los psiquiátricos son tipos a los que siempre se les está diciendo que no tienen lo que tienen y que no ven lo que ven y esto acaba por ponerles majaretas. Pero él encontró el papel y quiso dárselo a la señora Rosa.

—Yo no quiero saber nada de papeles que atestiguan cosas —dijo la señora Rosa haciendo como que escupía la mala suerte, como exigen las reglas.

—Ahora ya estoy bien —dijo el señor Yussef Kadir mirándonos a todos para asegurarse de que era verdad.

—Siga, siga usted —dijo la señora Rosa porque era lo único que se podía decir.

Pero él no parecía estar bien, con aquellos ojos que pedían socorro porque siempre son los ojos los que más lo necesitan.

—No podía mandarle dinero porque me declararon irresponsable del crimen que cometí y me encerraron. Creo que era el tío de mi pobre mujer el que le mandaba el dinero hasta que murió. Soy una víctima del destino. Como puede imaginar, yo no habría cometido un crimen de haberme hallado en un estado sin peligro para mis allegados. Yo no puedo devolverle la vida a Aixa, pero antes de morir quiero dar un beso a mi hijo y pedirle que me perdone y rece por mí.

Aquel tipo empezaba a hartarme con tanto sentimiento paternal y tanta exigencia. En primer lugar, no tenía la cara que había de tener para ser mi padre, que tenía que ser un tipo de una pieza y no un gusano. Y, además, si mi madre se defendía en Les Halles y se defendía fenomenalmente bien, como él mismo decía, nadie podía reclamarme como padre. Yo era hijo de padre desconocido, garantizado por factura, a causa de la ley de los grandes números. Me alegraba saber que mi madre se llamaba Aixa. Es el nombre más bonito que ustedes puedan imaginar.

—Me han curado muy bien —dijo el señor Yussef Kadir—. Ya no tengo crisis de violencia. Por este lado estoy sano. Pero no me queda mucho tiempo. Tengo un corazón que no resiste las emociones. Los médicos me han dejado salir por compasión. Quiero ver a mi hijo, darle un beso, pedirle que me perdone y...

Mierda. Aquello era un disco.

—...que rece por mí.

Se volvió a mirarme, morado de miedo por la emoción que aquello iba a causarle.

—¿Es él?

Pero aquel día la señora Rosa tenía bien la cabeza y hasta un poco más. Se abanicó mirando al señor Yussef Kadir como si saborease la escena de antemano.

Siguió abanicándose en silencio y se volvió hacia Moisés.

—Moisés, saluda a tu papá.

—Hola, papá —dijo Moisés que sabía perfectamente que no era árabe y que no tenía nada que reprocharse.

El señor Yussef Kadir se puso aún más blanco.

—¿Cómo? ¿He oído bien? ¿Ha dicho Moisés?

—Sí, Moisés. ¿Qué ocurre?

El tipo se levantó como empujado por algo muy fuerte.

—Moisés es nombre judío —dijo—. De eso estoy seguro. Moisés no es un buen nombre musulmán, señora. Los hay también, sí, pero no en mi familia. Yo le traje a un Mohamed, no un Moisés. Yo no puedo tener un hijo judío, señora. Mi salud no me lo permitiría.

Moisés y yo nos miramos y conseguimos no reírnos.

La señora Rosa pareció asombrarse. Y después pareció asombrarse todavía más. Se abanicó. Hubo un silencio enorme en el que pasaron toda clase de cosas. El tipo seguía de pie, pero temblando de pies a cabeza.

—¡Bah! —dijo la señora Rosa moviendo la cabeza—. ¿Está usted seguro?

—¿Seguro de qué? No estoy seguro de nada. Señora, no nos han traído al mundo para estar seguros. Tengo el corazón débil. Yo sólo sé una cosa, es poco, pero lo sé muy bien. Hace once años le traje a un niño musulmán de tres años llamado Mohamed. Usted me dio un recibo por un hijo musulmán, Mohamed Kadir. Yo soy musulmán y mi hijo era musulmán. Su madre era musulmana. Diré más que eso. Yo le confié un hijo árabe en debida forma y quiero que me devuelva a un hijo árabe. Yo no quiero un hijo judío. No lo quiero y basta. Mi salud no me lo permite. Había un Mohamed Kadir, no un Moisés Kadir. No quiero volverme loco. No tengo nada contra los judíos, que Dios les perdone. Pero yo soy árabe, soy un buen musulmán y tuve un hijo en el mismo estado. Mohamed, árabe, musulmán. Yo se lo confié en buen estado y quiero que me lo devuelva igual. Sepa usted que no puedo soportar estas emociones. Toda mi vida he sido objeto de persecuciones, tengo documentos que lo atestiguan y que reconocen a todos los efectos útiles que soy un perseguido.

—Entonces, ¿está seguro de que no es usted judío? —preguntó la señora Rosa, esperanzada.

El señor Yussef Kadir tuvo varios espasmos en la cara, como si fueran olas.

—Señora, soy un perseguido a pesar de no ser judío. Ustedes no tiene el monopolio. El monopolio judío se acabó, señora. Hay otros que también tienen derecho a ser perseguidos. Quiero a mi hijo Mohamed Kadir en el estado en que se lo confié contra recibo. No quiero a un hijo judío. Bastantes preocupaciones tengo ya.

—Bueno, no se sofoque. Puede que haya habido un error —dijo la señora Rosa al ver que el tipo parecía conmovido de verdad.

Daba lástima al pensar en todo lo que árabes y judíos han pasado juntos.

—¡Pues claro que ha habido un error! ¡Oh, Dios mío! —exclamó el señor Yussef Kadir sentándose pues sus piernas se lo exigían.

—Momo, tráeme los papeles —dijo la señora Rosa.

Saqué la gran maleta familiar que estaba debajo de la cama. Como la había registrado muchas veces buscando a mi madre, nadie conocía el lío de papeles que había allí dentro mejor que yo. La señora Rosa inscribía a los hijos de puta que tomaba a pensión en pedazos de papel en los que no había quien se aclarara porque en casa lo primero era la discreción y las interesadas podían dormir tranquilas. Nadie podía denunciarlas como madres por causa de prostitución con padre desconocido. Si algún chulo quería hacerlas cantar para mandarlas a Abidjan, allí no habría encontrado un solo chiquillo aunque hubiera seguido cursos especiales.

Di el montón de papeles a la señora Rosa y ella se mojó un dedo y se puso a buscar a través de sus gafas.

—Aquí está —dijo con voz de triunfo poniendo el dedo encima—. El siete de octubre de 1956 y pico.

—¿Qué quiere decir y pico? —preguntó quejumbrosamente el señor Kadir Yussef.

—Es para redondear. Aquel día me trajeron dos chicos, uno musulmán y otro judío.

Se quedó pensativa y su rostro se iluminó con la comprensión.

—¡Ah, ahora me lo explico todo! —dijo la señora

Rosa muy satisfecha—. Debí equivocarme de religión.

—¿Cómo? —dijo el señor Yussef Kadir, vivamente interesado—. ¿Cómo dice?

—He debido educar a Mohamed como Moisés y a Moisés como Mohamed. Los recibí el mismo día y los confundí. El pequeño Moisés, el auténtico, está ahora con una buena familia musulmana de Marsella donde está muy bien considerado. Y a su pequeño Mohamed aquí presente lo eduqué como judío. Con *barmitzwah* y todo. Siempre ha comido *kosher*. Puede usted estar tranquilo.

—¿Cómo que siempre ha comido *kosher*? —chilló el señor Kadir Yussef que no tenía fuerzas ni para levantarse de la silla y se había hundido en toda la línea—. ¿Dice que mi hijo Mohamed siempre ha comido *kosher*? ¿Y que tuvo su *barmitzwah*? ¿Entonces lo han hecho judío?

—Cometí un error —dijo la señora Rosa—. Porque ya sabrá usted que con la identidad también puede uno equivocarse. Y un crío de tres años no tiene mucha identidad, aunque este circuncidado. Me equivoqué de circunciso y eduqué a su pequeño Mohamed como judío, pero un buen judío, puede estar tranquilo. Además, cuando está uno once años sin ver a su hijo, no debe extrañarse si lo encuentra convertido en judío.

—¡Pero yo estaba en una imposibilidad clínica! —gimió el señor Kadir Yussef.

—Bueno. Era árabe y ahora es un poco judío. Pero sigue siendo su hijo —dijo la señora Rosa con una sonrisita de confianza.

—¡Yo quiero a mi hijo árabe! —bramó él—. ¡Yo no quiero un hijo judío!

—¡Pero si es el mismo! —dijo la señora Rosa para animarle.

—¡No es el mismo! ¡Me lo han bautizado!

—No, no —repuso la señora Rosa que, a pesar de todo, tenía sus límites—. Bautizado, no. ¡Dios nos libre! Moisés es un buen judío. ¿No eres un buen judío, Moisés?

—Sí, señora —dijo Moisés con alegría, pues le tenía sin cuidado.

El señor Yussef Kadir se levantó mirándonos con unos ojos en los que había horrores y se puso a golpear el suelo con el pie como si bailara el zapateado de la desesperación sin moverse del sitio.

—¡Quiero que me devuelvan a mi hijo tal como estaba! Quiero a mi hijo en buen estado árabe y no en mal estado judío.

—Aquí no miramos eso de los estados árabes y los estados judíos. Si quiere a su hijo, puede llevárselo tal como está. Primero mata a la madre, luego se hace declarar psiquiátrico y por fin arma un escándalo porque le hemos educado como judío con todos los honores. Moisés, da un beso a tu padre, aunque eso lo mate. Al fin y al cabo, es tu padre.

—No hay por qué hacerle ascos —dije yo que estaba muy contento al pensar que tenía cuatro años más.

Moisés dio un paso hacia el señor Yussef Kadir y éste dijo algo terrible para un hombre que no sabía que tenía razón.

—¡Ése no es mi hijo! —gritó haciendo un drama.

Se levantó, dio unos pasos hacia la puerta y allí se encontró con la causa ajena a su voluntad. En vez de salir, que era lo que él quería hacer, dijo *¡Ah!,* después

¡Oh!, se llevó una mano al lado izquierdo, donde se sitúa el corazón y cayó al suelo como si no tuviera más que decir.

—¿Qué le pasa? —preguntó la señora Rosa, abanicándose con su abanico del Japón, que era lo único que podía hacer—. ¿Qué le pasa? Vamos a ver.

No sabíamos si estaba muerto o era sólo de momento, ya que no daba ninguna señal. Esperamos, pero él seguía sin moverse. La señora Rosa empezó a ponerse nerviosa, pues lo único que nos faltaba allí era la Policía, que cuando empezaba no acababa. Me dijo que fuese corriendo a buscar a alguien para que hiciese algo, pero yo había visto ya que el señor Kadir Yussef estaba completamente muerto por esa calma que se apodera de la cara de las personas que ya no tienen por qué quemarse la sangre. Pellizqué al señor Kadir Yussef aquí y allá y le puse el espejo delante de la boca, estaba completamente muerto por esa calma que se largó en seguida, pues a él le daba siempre por la huida y yo corrí a buscar a los hermanos Zaoum para decirles que teníamos un muerto y que había que dejarlo en la escalera para que no se nos hubiera muerto en casa. Ellos subieron y lo pusieron en el descansillo del segundo, delante de la puerta del señor Charmette, que era francés con garantía de origen y podía permitírselo.

De todos modos, yo volví a bajar, me senté al lado del señor Yussef Kadir muerto y me quedé un rato con él, aunque ya no pudiéramos hacer nada el uno por el otro.

Tenía una nariz mucho más larga que la mía, pero ya se sabe que las narices crecen según se va viviendo.

Busqué en sus bolsillos para ver si encontraba algún

recuerdo, pero no había más que un paquete de "Gauloises" azules. Quedaba uno y me lo fumé sentado a su lado, ya que si él se había fumado los demás me daba un poco de emoción fumarme yo el último.

Hasta lloré un poco. Me daba gusto. Era como haber perdido algo mío. Luego oí la sirena de la Policía y subí corriendo para no tener líos.

La señora Rosa seguía asustada y a mí me tranquilizó verla en aquel estado y no en el otro. Había habido suerte. A veces, ella no tenía más que un par de horas buenas al día y el señor Kadir Yussef había caído en el momento oportuno.

Yo estaba todavía trastornado por la idea de que, de un solo golpe, acababa de cumplir cuatro años más y no sabía qué cara poner. Hasta me miré al espejo. Era el acontecimiento más importante de mi vida, lo que se llama una revolución. No sabía dónde estaba, como sucede siempre cuando uno ya no es el mismo. Sabía que no podía seguir pensando como antes, pero de momento prefería no pensar en absoluto.

—¡Ay, Dios mío! —dijo la señora Rosa.

Tratamos de no hablar de lo que acababa de ocurrir, para no entristecernos. Yo me senté a sus pies en el taburete y le cogí la mano con gratitud por lo que había hecho para conservarme. Éramos todo lo que teníamos en el mundo y algo es algo. A mí me parece que cuando se vive con una persona muy fea acaba uno queriéndola por fea. Y me parece también que las verdaderas fealdades están en la necesidad y aquí es donde más oportunidades hay. Ahora, al recordarlo, me parece que la señora Rosa era mucho menos fea que todo eso, que tenía unos bellos ojos pardos, ojos de perro judío, pero no había que pensar en ella como mujer, ya que esto, evidentemente, no la favorecía.

—¿Lo has sentido, Momo?

—No, señora. Estoy muy contento de tener catorce años.

—Es mejor así. Además, un padre psiquiátrico no es lo que tú necesitas. Porque a veces es hereditario.

—Tiene razón, señora Rosa. He tenido suerte.

—Además, Aixa trabajaba mucho y así no hay manera de saber quién es el padre. No paró ni cuando tú naciste.

Bajé a comprarle un pastel de chocolate en casa del señor Driss y se lo comió.

Siguió en sus cabales varios días. Aquello era lo que el doctor Katz llamaba remisión de la pena. Dos veces a la semana, uno de los hermanos Zaoum subía al doctor Katz a cuestas. Él no podía soplarse los seis pisos cada vez que tenía que pasar revista a los desperfectos. Porque no hay que olvidar que la señora Rosa tenía otros órganos además de la cabeza y había que vigilarla por todas partes. Yo nunca quería estar presente mientras él echaba la cuenta y lo esperaba en la calle.

Una vez, estando yo abajo, pasó por allí *el Negro*. Le llamaban *el Negro* por razones pocos conocidas, quizá para distinguirlo de los otros, porque siempre tiene que haber uno que pague el pato. Es el más flaco de todos, lleva sombrero hongo y tiene quince años de los cuales ha pasado por lo menos cinco sin nadie. Tenía unos padres que se lo dejaron a un tío que se lo pasó a la cuñada que lo endosó a alguien que hacía buenas obras y la cosa acabó muy complicada. Pero él no se picaba, decía que no era rencoroso y no quería someterse a la sociedad. *El Negro* era conocido en el barrio como chico para recados, porque salía más barato que una llamada telefónica. Había días que hacía cien servicios y hasta tenía una habitación propia. En seguida vio que yo no estaba en mi forma olímpica y me invitó a jugar al futbolín en un café de la calle Bisson. Me preguntó qué iba a hacer si la señora Rosa la diñaba y le dije que tenía otra cosa en perspectiva. Pero se dio cuenta de que esto era un farol. Le dije que acababa de cumplir cuatro años de una sola vez y me felicitó. Estuvimos hablando de la manera como podía uno defenderse con catorce o quince años y sin tener a nadie. Él tenía varias direcciones, pero me dijo que eso del culo tiene que gustar, pues si no gusta es un asco. Él nunca quiso saber nada de eso porque era oficio de gachí. Fumamos un cigarrillo y jugamos al futbolín, pero *el Negro* tenía sus recados y yo no soy de los que se pegan a la gente.

Cuando subí, el doctor Katz seguía allí y trataba de convencer a la señora Rosa de que fuera al hospital. Habían subido varias personas más, el mayor de los Zaoum, el señor Waloumba que no estaba de servicio y cinco compañeros de cuarto, porque la muerte da importancia a las personas y cuando se acerca se las respeta más. El doctor Katz mentía como un sacamuelas para que reinara el buen humor, porque la moral también es importante.

—¡Ah, aquí está el pequeño Momo que viene a enterarse de las noticias! Pues bien, las noticias son buenas, sigue sin tener cáncer, podemos estar tranquilos.

Todo el mundo sonreía, en especial el señor Waloumba que era un psicólogo fino. También la señora Rosa estaba contenta, pues por lo menos había conseguido algo en la vida.

—Pero como tenemos momentos malos porque nuestra pobre cabeza se queda a veces sin circulación y como los riñones y el corazón ya no son lo que eran, lo mejor será que nos vayamos a pasar una temporadita al hospital, a una sala .grande y hermosa, donde todo acabará por arreglarse.

Al oír al doctor Katz sentí que se me helaba la sangre. Todos los del barrio sabían que era imposible hacerse abortar en el hospital, aunque se pasaran moradas y que allí eran capaces de hacer vivir a la fuerza mientras quedara una pizca de chicha para clavar la aguja. La medicina ha de tener siempre la última palabra y luchar hasta el fin para impedir que se cumpla la voluntad de Dios. La señora Rosa se había puesto el vestido azul y el chal bordado que era de precio y estaba contenta de despertar interés. El señor Waloumba se puso a tocar su instrumento musical porque, ¿saben?, es triste cuando nadie puede hacer nada por nadie. Yo también sonreía, pero por dentro, y tenía ganas de reventar. A veces pienso que la vida no es esto, ni mucho menos, lo digo por experiencia. Después se fueron todos en fila india sin decir nada, porque hay momentos en los que no tiene uno nada que decir. El señor Waloumba tocó todavía unas cuantas notas que se fueron con él.

Nos quedamos los dos solos como no se lo deseo a nadie.

—¿Lo has oído, Momo? El hospital. ¿Y qué va a ser de ti?

Me puse a silbar. Era todo lo que podía hacer.

Me volví a mirarla, decidido a gastarle cualquier broma al estilo Zorro, pero tuve suerte porque en aquel momento la cosa se le atascó en la cabeza y se pasó dos días y tres noches sin darse cuenta. Pero el corazón seguía marchando y ella continuaba con vida, aunque es un decir.

Yo no me atrevía a llamar al doctor Katz, ni siquiera a los vecinos, pues estaba seguro de que esta vez iban a separarnos. Me quedé sentado a su lado todo el tiempo posible, sin ir a mear ni a comer un bocado. Quería estar allí cuando volviera para ser lo primero que viera. Le ponía la mano en el pecho y sentía el corazón, a pesar de los kilos que nos separaban. Vino *el Negro* porque no me encontraba por ninguna parte y estuvo mirándola mucho rato mientras fumaba un cigarrillo. Luego, buscó en un bolsillo y me dio una tarjeta que decía: *Transporte gratuito de objetos pesados. Teléfono 278 78 78.*

Después me dio una palmada en el hombro y se fue.

El segundo día corrí en busca de la señora Lola y ella nos trajo unos discos pop que chillaban tanto que despertaban a los muertos, pero no sirvieron de nada. Aquello era la hortaliza que el doctor Katz nos había anunciado desde el principio y la señora Lola se quedó tan descompuesta al ver a su amiga en aquel estado que aquella noche no fue al Bosque de Bolonia, a pesar del perjuicio que ello le ocasionaba. Aquel senegalés era toda una persona humana y cualquier día voy a ir a verla.

Tuvimos que dejar a la judía en su butaca. Ni siquiera la señora Lola, a pesar de sus años de ring, podía levantarla.

Lo más triste de esas personas que se van de la cabeza es que no se sabe lo que van a durar. El doctor Katz me había dicho que la marca mundial la tenía un americano con diecisiete años y pico, pero para esto hacen falta instalaciones especiales con gota a gota. Era terrible pensar que la señora Rosa pudiera llegar a campeón del mundo, pues ya había pasado lo suyo y lo que menos le importaba a ella era batir una marca.

La señora Lola era afectuosa como pocas. Le hubiera gustado tener hijos, pero ya les expliqué que no estaba equipada para eso, como la mayoría de *travesties* que por ese lado no cuadran con las leyes naturales. Me prometió que se ocuparía de mí, me sentó sobre sus rodillas y me cantó canciones de cuna del Senegal. En Francia también las hay, pero nunca las he oído porque no he sido bebé; siempre he tenido otros quebraderos de cabeza. Le dije que me perdonara, pero que ya tenía catorce años y no servía para jugar a las muñecas, que resultaba raro. Luego, ella se fue a prepararse para su trabajo y el señor Waloumba hizo que su tribu montara guardia alrededor de la señora Rosa y hasta asaron un cordero entero que nos comimos sentados en el suelo. Resultó agradable. Se tenía la impresión de estar en el campo.

Intentamos alimentar a la señora Rosa dándole carne masticada, pero ella se quedaba con medio pedazo fuera de la boca y medio dentro, mirando con sus bellos ojos judíos todo lo que no veía. No es que importara mucho, pues tenía grasa suficiente para alimentarse a sí misma y a toda la tribu del señor Waloumba, por más que ahora ya no se comen a la gente. Finalmente, como reinaba el buen humor y habían bebido licor de palma, se pusieron a tocar sus instrumentos y a bailar alrededor de la señora Rosa. Los vecinos no se quejan del ruido porque no son de esa gente que se queja y no había ni uno solo que tuviera los papeles en regla. El señor Waloumba hizo beber la señora Rosa un poco de licor de palma del que venden en la calle Bisson, en la tienda del señor Somgo, con nueces de cola que también son indispensables, sobre todo en las bodas. Parece ser que el licor de palma tenía que ser muy bueno para la señora Rosa porque se sube a la cabeza y abre las vías de circulación, pero no dio resultado y sólo se puso colorada. El señor Waloumba decía que lo principal era hacer mucho ruido para alejar a la muerte que ya debía de estar allí y que le tenía un miedo atroz a los tam-tams, ella sabría por qué. Los tam-tams son unos tamborcitos que se tocan con la mano, y así estuvieron toda la noche.

El día siguiente, yo estaba seguro de que la señora Rosa iba a batir la marca del mundo y que no íbamos a poder librarnos del hospital donde harían por ella todo lo posible. Salí a la calle y me puse a andar, pensando en Dios y en cosas así porque quería ir más lejos.

Me fui a la calle Ponthieu, donde está esa sala que tiene máquinas que hacen andar para atrás. Tenía ganas de volver a ver a la chica rubia y guapa que olía bien y de la que me parece que ya les he hablado, aquella que se llamaba Nadine o algo así. Tal vez no fuera muy atento con la señora Rosa, pero ¿qué quieren? Estaba en un estado de fallo tal que ni siquiera sentía los cuatro años que había ganado. Era como si siguiera teniendo diez, me faltaba la fuerza de la costumbre.

Bueno, no van a creerme si les digo que ella estaba esperándome en la sala, pues yo no soy de esos a los que se espera. Pero estaba allí y casi sentí el sabor del helado de vainilla que ella me había pagado.

No me vio entrar, estaba diciendo palabras de amor al micrófono y éstas son cosas que absorben. En la pantalla había una mujer que movía los labios, pero era la otra, la mía, la que hablaba por ella. Le daba su voz. Esto se llama técnica.

Me fui a un rincón y esperé. En aquel estado de fallo, de buena gana me hubiera echado a llorar si no hubiese tenido cuatro años más. Y aun así tenía que hacer un esfuerzo. En la sala no había mucha luz, pero ella vio en seguida que yo estaba allí y quién era y entonces me salió todo de golpe y no pude seguir conteniéndome.

—¡Mohamed!

Vino corriendo como si yo fuese alguien y me puso el brazo en los hombros. Los otros me miraban porque es un nombre árabe.

—Mohamed, ¿qué te pasa? ¿Por qué lloras? ¡Mohamed!

A mí no me hacía mucha gracia que me llamara Mohamed porque queda más frío que Momo, pero, ¿qué se le va a hacer?

—Mohamed, dime, ¿qué tienes?

Figúrense lo fácil que iba a ser decírselo. No había ni por dónde empezar. Tragué saliva.

—Nada, nada...

—Oye, yo he terminado el trabajo. Ahora nos vamos a mi casa y me lo cuentas todo.

Se fue corriendo a buscar su impermeable y subimos a su coche. De vez en cuando, se volvía a mirarme y sonreía. Olía tan bien que parecía imposible. Se había dado cuenta de que yo no estaba en mi forma olímpica porque hasta tenía hipo, pero no decía nada. ¿Para qué? Únicamente de vez en cuando, en algún semáforo, me ponía la mano en la mejilla, que es algo que siempre hace bien en estos casos. Llegamos a su casa de la calle Saint-Honoré y metió el coche en el patio.

En el piso había un tío al que yo no conocía, alto, con el pelo largo y gafas que me dio la mano sin decir nada, como si fuera lo más natural. Era más bien joven, no tendría más de dos o tres veces mi edad. Miré alrededor, por si salían los dos chiquillos rubios para decirme que allí no estaba haciendo ninguna falta, pero sólo había un perro que tampoco era malo.

Se pusieron a hablar en inglés, en una lengua que yo no conocía, y me trajeron té y unos bocadillos soberbios. Me dejaron comer como si no hubiera nada más que hacer y después el hombre me preguntó si me encontraba mejor. Yo hice un esfuerzo para decir algo, pero tenía dentro tantas y tantas cosas que no podía respirar y hasta tenía hipo y asma como la señora Rosa, porque eso del asma se contagia.

Me quedé mudo como una carpa a la judía durante media hora, con el hipo, y oí decir al tío que yo estaba en estado de choque, y esto me gustó porque pareció interesarles. Después me levanté y les dije que tenía que volver a casa porque había una anciana en estado de fallo que necesitaba de mí, pero Nadine se fue a la cocina y volvió con un helado de vainilla que era lo mejor que he comido en mi puta vida, lo digo como lo pienso.

Después de aquello, hablamos un poco porque yo estaba mejor. Cuando les expliqué que la anciana era una judía en estado de fallo que iba a batir la marca del mundo de todas las categorías y lo que me había dicho el doctor Katz acerca de las hortalizas, ellos dijeron palabras que yo había oído ya, como senilidad y arteriosclerosis cerebral, pero estaba contento porque podía hablar de la señora Rosa y eso siempre me daba gusto. Les expliqué que la señora Rosa era una antigua puta que había vuelto deportada de los hogares judíos de Alemania y que había abierto un "clandé" para hijos de puta a las que se puede hacer cantar con lo del padre desconocido por prostitución ilícita y tienen que esconder a sus críos porque siempre hay vecinos guarros que pueden denunciarlas a la Asistencia Pública. No sé por qué me hacía bien hablarles. Estaba sentado en una butaca muy a gusto y el tío hasta me dio un cigarrillo y me lo encendió con su mechero y me escuchaba como si yo tuviera importancia. No es por decir, pero veía que les había impresionado. Me embalé y no podía parar, quería sacarlo todo, pero eso no era posible, naturalmente, porque yo no soy el señor Víctor Hugo y todavía no estoy equipado para eso. Salía embarullado porque siempre empezaba por el final, con la señora Rosa en estado de fallo y mi padre que había matado a mi madre porque era psiquiátrico, pero tengo que decir que nunca he sabido dónde empezaba ni dónde acababa la cosa porque a mi edad no hace más que continuar. Mi madre se llamaba Aixa y se defendía con el culo y había hecho hasta veinte pases al día antes de que la mataran en un arrebato de locura, pero no era seguro que yo fuera hereditario y el señor Kadir Yussef no podía jurar que fuera mi padre. El amigo de la señora Nadine se llamaba Ramón y me dijo que era un poco médico y que no creía mucho en lo de la herencia, que no tenía que pensar en ello. Volvió a darme fuego con su encendedor y me dijo que a veces vale más ser hijo de puta porque así puede uno elegir al padre que más le guste y no está obligado. Me dijo que muchos tipos nacidos por accidente resultaban después muy bien y se hacían tíos de provecho. Yo le dije que estaba de acuerdo, que si estás aquí tienes que aguantarte, que no es como en la sala de proyección de la señora Nadine donde todo tiene marcha atrás y se puede volver al interior de la madre, pero que no hay derecho de que no se pueda abortar a las personas viejas como la señora Rosa que ya están hasta la coronilla. Me hacía mucho bien hablar con ellos, pues me parecía que por haberlo dicho había pasado menos. El tipo, que se llamaba Ramón y que no tenía mala pinta, se ocupaba mucho de su pipa mientras yo hablaba, pero se veía que el que le interesaba era yo. Me daba miedo que la chica, Nadine, nos dejara solos, porque sin ella aquello no hubiera sido lo mismo, por el lado de la simpatía. Ella tenía una sonrisa que era toda para mí. Cuando les dije que había cumplido catorce años de repente porque la víspera no tenía más que diez, marqué otro tanto, por lo mucho que esto les impresionó. Yo no podía parar al verles tan interesados. Hice todo lo que pude por interesarles todavía más y para que vieran que conmigo hacían un buen negocio.

—El otro día fue a buscarme mi padre. Él me había dejado en casa de la señora Rosa antes de matar a mi madre, cuando lo declararon psiquiátrico. Tenía otras putas trabajando para él, pero mató a mi madre porque era su preferida. Cuando le dejaron salir vino a reclamarme, pero la señora Rosa no quiso saber nada porque para mí no sería bueno tener un padre psiquiátrico, ya que esas cosas pueden ser hereditarias. Entonces le dijo que su hijo era Moisés, que es judío. También hay Moisés entre los árabes. Pero figúrense, el señor Yussef Kadir era árabe y musulmán y cuando le dieron a un hijo judío tuvo un ataque y se murió.

El doctor Ramón también me escuchaba, pero la que más me gustaba que me oyera era la señora Nadine.

—La señora Rosa es la mujer más fea y sola que he visto en su desgracia. Suerte que me tiene a mí porque nadie querría saber nada de ella. Yo no comprendo cómo puede haber personas que lo tienen todo, que son feas, viejas, pobres y enfermas y otras que no tienen nada de nada. No es justo. Yo tengo un amigo que es jefe de la Policía y que tiene a sus órdenes a todas las fuerzas de seguridad. Es el poli más fuerte y más grande que puedan imaginar. Es tan fuerte que podría hacer cualquier cosa. Es el rey. Cuando vamos juntos por la calle, me pone el brazo sobre los hombros, para que la gente sepa que es mi padre. Cuando era pequeño, algunas veces por la noche venía una leona a lamerme la cara. Entonces todavía tenía diez años y en la escuela dijeron que estaba perturbado porque no sabían que tenía cuatro años más. Todavía no estaba fechado, era mucho antes de que el señor Yussef Kadir se presentara con un recibo en la mano diciendo que era mi padre. El señor Hamil, el vendedor de alfombras, me ha enseñado todo lo que sé, pero ahora está ciego. El señor Hamil lleva siempre un libro del señor Víctor Hugo y cuando yo sea mayor también voy a escribir sobre los miserables, que es lo que siempre se escribe cuando tiene uno algo que decir. La señora Rosa tenía miedo de que me diera un ataque de violencia y le cortara el cuello, pues temía que fuera hereditario. Pero no hay un solo hijo de puta que puede decir quién es su padre y lo que es yo no pienso matar nunca a nadie, no me da por ahí. Cuando sea mayor tendré todas las fuerzas de seguridad a mi disposición y nada me dará miedo. Es una lástima que no se pueda dar marcha atrás como en su sala de proyección para hacer retroceder a todo el mundo y para que la señora Rosa sea joven y guapa y dé gusto verla. A veces me dan ganas de marcharme con un circo en el que tengo amigos payasos, pero no puedo hacerlo y decir mierda y ahí queda eso mientras esté la judía, porque tengo que cuidarla...

Me embalaba cada vez más y no podía dejar de hablar porque tenía miedo de que si paraba ellos dejarían de escucharme. El doctor Ramón tenía una cara con unas gafas y unos ojos que miraban fijamente y hubo un momento en que se levantó y puso el magnetófono para escucharme mejor y yo me sentí más importante todavía, casi no podía creerlo. Tenía un montón de pelo en la cabeza. Era la primera vez que era digno de interés y hasta me ponían en un magnetófono. Yo nunca supe lo que hay que hacer para ser digno de interés, matar a alguien, coger unos rehenes o qué sé yo. Lo juro. Hay en el mundo tal falta de atención que a veces tiene uno que elegir como en las vacaciones, cuando no puedes ir al mar y a la montaña al mismo tiempo. Estamos obligados a elegir la falta de atención que más nos guste, y la gente siempre coge lo mejor, lo que más se cotiza, como los nazis, que costaron millones, o el Vietnam. Por eso una judía vieja en un sexto piso sin ascensor y que ha sufrido lo suyo no interesa, con eso no se va a ninguna parte. La gente necesita millones y millones para sentirse interesada y no se le puede echar en cara, porque cuanto más poca cosa es uno menos cuenta...

Yo estaba hablando como un rey, sentado en mi butaca, y lo más gracioso es que me escuchaban como si nunca hubieran oído nada igual. Pero el que me hacía hablar era el doctor Ramón, porque ella daba la impresión de no querer oír y a veces hasta hacía como si quisiera taparse los oídos. Esto me cabreaba un poco porque uno está obligado a vivir, caramba.

El doctor Ramón me preguntó qué quería decir con lo del estado de fallo y yo le dije que es cuando todo ha fallado y no se tiene nada ni a nadie. Después quiso saber qué hacíamos para vivir desde que las putas ya no nos dejaban a sus críos. Yo le tranquilicé en seguida y le dije que el culo es lo más sagrado que tiene el hombre, que la señora Rosa me lo había explicado ya antes de que yo supiera para qué servía. Yo no me defendía con el culo, podía estar tranquilo. Teníamos una amiga, la señora Lola, que se defendía en el Bosque de Bolonia haciendo de *travesti,* que nos ayudaba mucho. Si todo el mundo fuera como ella, el mundo sería completamente distinto y habría menos desgracias. Había sido campeón de boxeo del Senegal, antes de hacerse *travesti* y ganaba lo suficiente y hubiera podido mantener a una familia, de no haber tenido a la Naturaleza en contra.

Por el modo en que me escuchaban, se veía que no estaban acostumbrados a la vida y les expliqué que para sacarme algún dinero suelto hacía el proxeneta en la calle Blanche. Ahora ya sé que se dice proxeneta y no proxineta como decía cuando era niño, pero todavía no me he acostumbrado. A veces, el doctor Ramón le decía a su amiga algo de política, pero yo no lo entendía muy bien porque la política no es cosa de jóvenes.

No sé lo que llegué a decirles y de buena gana hubiera seguido hablando de las cosas que tenía dentro todavía. Pero estaba reventado y ya empezaba a ver al payaso azul que me hacía señas, como cuando me entra el sueño y me dio miedo que ellos pudieran verlo también y creyeran que estaba majareta o algo así. Ya no podía más y ellos se dieron cuenta de que estaba hecho polvo y me dijeron que podía quedarme a dormir en su casa.

Pero yo les dije que tenía que ir a cuidar a la señora Rosa que se moriría pronto y que después ya veríamos. Me dieron un papel con su nombre y dirección y Nadine dijo que me acompañaría en coche y que el doctor iría con nosotros para echar un vistazo a la señora Rosa por si había algo que pudiera hacer. Yo no veía qué podía hacer nadie por la señora Rosa después de todo lo que le habían hecho ya, pero no me parecía mal que me acompañaran en coche. Sólo que entonces la cosa se torció.

Íbamos a salir cuando llamaron a la puerta cinco veces seguidas y cuando la señora Nadine abrió vi que eran los dos chiquillos que vivían allí, por lo que no había nada que decir. Eran sus hijos que volvían de la escuela o de algún sitio así. Eran rubios y estaban vestidos con ropa de lujo, la clase de pingos que no hay quien robe porque no están expuestos sino dentro de la tienda y para llegar hasta ellos hay que pasar por el lado de las dependientas. Se me quedaron mirando como si fuera una mierda. Yo iba hecho una facha, en seguida me di cuenta. Llevaba una boina que se me levantaba por delante porque tengo demasiado pelo y un abrigo que me llegaba a los talones. Y es que cuando se manga un pingo no se tiene tiempo de ver si es grande o pequeño. Bueno, no dijeron nada, pero no éramos del mismo barrio.

Nunca había visto unos chiquillos tan rubios como

aquéllos. Y les juro que no había servido mucho, estaban nuevecitos. No tenían punto de contacto.

—Venid, voy a presentaros a nuestro amigo Mohamed —dijo su madre.

No debió decir Mohamed, sino Momo. En Francia, Mohamed suena a árabe de la mierda y cuando me llaman así me enfado. No es que me dé vergüenza ser árabe, todo lo contrario, pero en Francia Mohamed hace de barrendero o peón de albañil. No quiere decir lo mismo que argelino. Además, Mohamed suena raro en Francia. Es como *Jésus-Christ,* que da risa.

Los dos chavales me miraban de arriba abajo. El más pequeño, que tendría seis o siete años mientras que su hermano debía de andar por los diez, dijo:

—¿Por qué va vestido así?

Yo no iba a dejarme insultar. Sabía muy bien que allí no pegaba. Entonces el otro, sin dejar de mirar, me preguntó:

—¿Eres árabe?

Mierda, yo no iba a consentir que nadie me llamase árabe. Además, no valía la pena insistir. No tenía celos ni nada, pero la plaza no era para mí, ya estaba ocupada, no tenía nada que decir. Sentí un bulto en la gargante, me lo tragué y salí corriendo.

No éramos del mismo barrio, vaya.

Me paré delante de un cine, pero la película no era apta para menores. Tiene gracia pensar en las cosas que no son aptas y que luego caen encima.

La taquillera me vio mirar las fotos y me gritó que me largara de allí para proteger a la juventud. Idiota. Ya estaba harto de no ser apto para menores. Me abrí la bragueta, le enseñé el bálano y salí corriendo, porque no era momento para bromas.

En Montmartre pasé por delante de un montón de *sex-shops,* pero tampoco son aptas, aunque yo no necesito chismes para animarme cuando me da la gana. Las *sex-shops* son para los viejos que ya no pueden solos.

El día en que mi madre no abortó cometió un genocidio. La señora Rosa tenía siempre esta palabra en la boca; pero ella había ido al colegio y tenía educación.

La vida no es cosa para todo el mundo.

Ya no volví a pararme hasta llegar a casa. Sólo tenía ganas de sentarme al lado de la señora Rosa porque en realidad ella y yo, por lo menos, éramos una misma mierda.

Al llegar vi una ambulancia en la puerta y creí que ya se había jodido todo y me había quedado solo en el mundo, pero no era para la señora Rosa, sino para uno que ya estaba muerto. Sentí tal alivio que, de no tener cuatro años más, me hubiera echado a llorar. Creí que ya no me quedaba nada. Era para el cadáver del señor Bouaffa. El señor Bouaffa, ¿saben?, es ese tipo del que todavía no les he hablado porque no había nada que decir y apenas se le veía. Había tenido una cosa en el corazón y el señor Zaoum, el mayor, que estaba fuera, me dijo que nadie se había dado cuenta de que había muerto, pues nunca recibía correo. Nunca me había puesto tan contento y no lo digo por faltarle, desde luego, sino porque me alegraba por la señora Rosa.

Subí de prisa, la puerta estaba abierta. Los amigos del señor Waloumba se habían marchado, pero habían dejado la luz encendida para que la señora Rosa pudiera ver. Estaba despatarrada en la butaca y ya pueden figurarse la alegría que me dio ver que le corrían las lágrimas porque esto demostraba que estaba viva. Y hasta se agitaba un poco por dentro, como esas personas que sollozan.

—Momo... Momo... Momo...

Era lo único que podía decir, pero ya era bastante.

Corrí a darle un beso. No olía bien porque se había cagado y meado a causa de su estado. Le di otro beso más fuerte para que no creyera que me repugnaba.

—Momo... Momo...

—Sí, señora, soy yo, puede estar segura.

—Momo... He oído... Han llamado una ambulancia... Van a venir...

—No es para usted. Es para el señor Bouaffa que ya está muerto.

—Tengo miedo...

—Ya lo sé... Y eso demuestra que está viva.

—La ambulancia...

Hablar le costaba trabajo porque para salir las palabras necesitan músculos y los suyos ya estaban flojos.

—No es para usted. Ni siquiera saben que está aquí. Se lo juro por el Profeta. *Jairem.*

—Van a venir, Momo...

—Pero ahora no, señora Rosa. Nadie la ha denunciado. Está viva. Fíjese, ha cagado y ha meado. Sólo los vivos lo hacen.

Pareció tranquilizarse. Yo la miraba a los ojos para no ver lo demás. No me creerán, pero aquella vieja judía tenía unos ojos preciosos. Como las alfombras del señor Hamil que decía: "Tengo unas alfombras preciosas." El señor Hamil cree que no hay en el mundo nada más bonito que una buena alfombra y que hasta el mismo Alá está sentado en una. Si quieren que les dé mi opinión, Alá debe de estar sentado encima de muchas cosas.

—Tienes razón, huelo mal.

—Eso demuestra que por dentro todavía funciona.

—*Inch'Allah* —dijo la señora Rosa—. Moriré pronto.

—*Inch'Allah,* señora Rosa.

—Me alegro de morirme, Momo.

—Todos nos alegramos por usted. Aquí somos todos amigos suyos. Todo el mundo la quiere bien.

—Pero no dejéis que me lleven al hospital, Momo.

—Puede usted estar tranquila.

—En el hospital me harían vivir a la fuerza. Tienen leyes para eso. Son auténticas leyes de Nuremberg. Tú no sabes lo que es eso, eres demasiado joven.

—Nunca fui demasiado joven para nada.

—El doctor Katz me denunciará al hospital y vendrán a buscarme.

No le dije nada. Si los judíos empezaban a denunciarse unos a otros, allá ellos. A mí los judíos ni fu ni fa. Son personas como todas.

—En el hospital no me harán el aborto.

Yo seguía sin decir nada. Sólo le cogía una mano. Así por lo menos no mentía.

—¿Cuánto tiempo estuvieron haciendo sufrir a ese campeón del mundo en América, Momo?

Yo me hice el loco.

—¿Qué campeón?

—En América. Te oí como hablabas con el señor Waloumba.

Mierda.

—Verá, en América tienen todas las marcas del mundo. Son unos grandes deportistas. En Francia, en el Olímpico de Marsella, no hay más que extranjeros. Brasileños y de todo. No la admitirán. Me refiero al hospital.

—¿Me juras que...?

—Mientras yo esté aquí, al carajo el hospital.

Casi sonrió. Entre nosotros, cuando sonríe no gana nada, todo lo contrario, porque el resto desentona todavía más. Lo peor es el pelo que le falta. Le quedaban treinta y dos, como la última vez.

—Señora Rosa, ¿por qué me mintió?

Pareció asombrarse de verdad.

—¿Que yo te mentí?

—¿Por qué decía que yo tenía diez años si tengo catorce?

No me creerán, pero se puso un poco colorada.

—Tenía miedo de que me dejaras, Momo, por eso te rebajé un poco. Tú has sido siempre mi hombre. Nunca quise a otro. Iba contando los años y tenía miedo. No quería que crecieras muy aprisa. Perdóname.

Le di un beso, le apreté la mano y le pasé un brazo por los hombros, como si fuera una mujer. Después subieron la señora Lola y el mayor de los Zaoum y entre todos la levantamos, la desnudamos, la pusimos en el suelo y la lavamos. La señora Lola le echó perfume por todas partes, le pusimos la peluca y el quimono y la metimos en la cama limpia. Daba gusto verla.

Pero la señora Rosa estaba cada día más achuchada y no sabría decirles lo injusto que me parecía que una persona viviera sólo para sufrir. Su organismo ya no valía nada y cuando no tenía una cosa tenía otra. Siempre se ataca al viejo que no puede defenderse porque es lo más fácil y la señora Rosa era víctima de esta criminalidad. Todas las piezas eran malas, el corazón, el hígado, los riñones, los bronquios, no había ni una sola que fuera de buena calidad. En casa estábamos ella y yo solos y fuera, aparte de la señora Lola, no teníamos a nadie. Todas las mañanas, yo la obligaba a hacer un poco de marcha, para desentumecerla y ella iba de la puerta a la ventana y volvía, apoyada en mi hombro, para no oxidarse del todo. Para la marcha, yo le ponía un disco judío que le gustaba mucho y que era menos triste de lo corriente. No sé por qué los judíos ponen siempre discos tristes. Es por su folklore. La señora Rosa solía decir que todas sus desgracias le venían de los judíos y que de no ser judía no hubiera tenido ni la décima parte de los malos tragos que había pasado.

El señor Charmette nos mandó una corona mortuoria porque no sabía que el muerto era el señor Bouaffa y creía que era la señora Rosa, como deseaba todo el mundo por su bien, y ella se puso muy contenta porque esto le dio esperanzas y porque era la primera vez que alguien le mandaba flores. Los hermanos de tribu del señor Waloumba trajeron plátanos, pollos, mangos y arroz, como es costumbre en su tierra cuando se prepara un feliz acontecimiento familiar. Entre todos hacíamos creer a la señora Rosa que pronto habría terminado y entonces ella tenía menos miedo. También fue a hacerle una visita el padre André, el cura católico de los hogares africanos de los alrededores de la calle Bisson, pero no para hacer de cura, sino sólo para hacer una visita. Estuvo muy correcto y no le hizo ninguna insinuación. Nosotros tampoco le dijimos nada, porque ya saben ustedes lo que pasa con Dios. Hace lo que quiere porque Él tiene la fuerza de su parte.

El padre André murió poco después de un ataque de corazón, pero me parece que no fue nada personal, que eso se lo hicieron los otros. No les había hablado de él porque la señora Rosa y yo no éramos de su ramo. Lo habían mandado a Belleville para que se ocupara de los trabajadores católicos africanos y nosotros no éramos ni lo uno ni lo otro. Era muy cariñoso y tenía siempre un aspecto un poco culpable, como si supiera que podía uno quejarse con razón. Les hablo de él porque era una buena persona y cuando se murió me dejó un buen recuerdo.

Parecía que el padre André iba a quedarse un rato y yo bajé a la calle en busca de noticias de un caso muy estúpido que había ocurrido. Los chavales a la heroína la llaman "mierda" y un crío de ocho años que había oído que los tíos se ponían inyecciones de mierda y que aquello era fenómeno, había cagado encima de un periódico y se había largado una inyección de mierda de verdad creyendo que era de la buena y había muerto. Se habían llevado al mahoute y a otros dos fulanos por haberle informado mal, pero a mí me parece que ellos no tenían ninguna obligación de enseñar a un crío de ocho años a inyectarse.

Cuando volví a subir, encontré con el padre André al rabino de la calle de Chaumes que vive al lado del colmado *kosher* del señor Rubin, que seguramente se había enterado de que había un cura rondando a la señora Rosa y tuvo miedo de que muriera cristianamente. El rabino nunca había puesto los pies en casa porque conocía a la señora Rosa de sus tiempos de puta. Ni el padre André ni el rabino, que tenía otro nombre que no recuerdo, querían ser el primero en marcharse y allí estaban, cada uno en su silla, al lado de la cama de la señora Rosa. Hasta hablaron de la guerra del Vietnam, que era terreno neutral.

La señora Rosa pasó una buena noche, pero yo no pude dormir y permanecí con los ojos abiertos en la oscuridad pensando en algo distinto que no sabía lo que podía ser.

La mañana siguiente el doctor Katz fue a hacer a la señora Rosa un examen periódico y esta vez cuando salimos a la escalera supe que la desgracia iba a llamar a nuestra puerta.

—Hay que llevarla al hospital. No puede quedarse aquí. Pediré una ambulancia.

—¿Y qué le harán en el hospital?

—Le harán los cuidados apropiados. Todavía puede vivir bastante tiempo. He conocido personas en su estado que han durado años.

Mierda, pensé, pero delante del doctor no dije nada. Dudé un momento y después pregunté:

—Oiga, doctor, ¿y no podría usted abortarla, entre judíos?

Pareció asombrarse de verdad.

—¿Cómo, abortar? ¿Qué estás diciendo?

—Pues abortarla para que no sufra.

El doctor Katz se impresionó tanto que tuvo que sentarse. Se cogió la cabeza con las manos y suspiró varias veces mirando al cielo como es costumbre.

—No, Momo, no se puede hacer eso. La eutanasia está prohibida por la ley. Aquí estamos en un país civilizado. No sabes lo que dices.

—Sí lo sé. Soy argelino y sé de lo que hablo. Allá tienen el sagrado derecho de los pueblos a disponer de sí mismos.

El doctor Katz se me quedó mirando como si le diera miedo. Estaba con la boca abierta, sin decir nada. A mí me cabrea esa gente que no quiere entender las cosas.

—El sagrado derecho de los pueblos existe, ¿no?

—Pues claro que existe —dijo el doctor Katz levantándose del escalón en el que se había sentado en señal de respeto—. Existe, es algo grande y hermoso, pero no veo la relación.

—La relación es que si existe, la señora Rosa tiene el sagrado derecho de los pueblos de disponer de sí misma como todo el mundo. Y si quiere hacerse abortar es cosa suya. Y tendría que hacérselo usted, porque para eso haría falta un médico judío, para que no hubiera antisemitismo. Entre judíos no deberían hacerse sufrir. Es repugnante.

El doctor Katz respiraba cada vez más y hasta tenía

gotas de sudor en la frente. Si hablaría yo bien... Era la primera vez que de verdad yo tenía cuatro años más.

—No sabes lo que dices, hijo... No sabes lo que dices, criatura.

—Yo no soy su hijo y tampoco soy una criatura. Soy un hijo de puta y mi padre mató a mi madre y cuando se sabe eso ya se sabe todo y uno deja de ser un niño.

El doctor Katz temblaba y me miraba con estupor.

—¿Quién te ha dicho eso, Momo?

—No importa quién me lo haya dicho, doctor Katz, porque hay veces que vale más tener el menos padre posible, se lo digo por experiencia y tengo el honor de hablar como el señor Hamil, el amigo del señor Víctor Hugo, al que usted no ignorará. Y no me mire así, doctor, porque tampoco voy a tener una crisis de violencia, no soy psiquiátrico ni hereditario ni voy a matar a la puta de mi madre, porque eso ya está hecho; me cago en todos ustedes, menos en la señora Rosa, que es lo único que quiero, y no voy a dejarla que se convierta en campeón de las hortalizas para darle gusto a la medicina, y cuando escriba sobre los miserables diré todo lo que quiera sin matar a nadie porque lo mismo da y si no fuera usted un viejo judío sin corazón, sino un judío de verdad con un corazón de verdad en el sitio de ese órgano, haría usted una buena acción y abortaría a la señora Rosa en seguida para salvarla de la vida que le ha endilgado en el culo un padre al que nadie conoce siquiera y que no tiene cara porque se esconde y que no está permitido representarlo porque tiene a toda una mafia para impedir que lo pesquen y esto es criminal y la condenación de los judíos médicos por negar la asistencia...

El doctor Katz estaba muy pálido y eso le iba bien con su hermosa barba blanca y sus ojos cardíacos y yo me callé porque si se moría no iba a poder oír todo lo que un día les diría. Pero las rodillas empezaban a doblársele y le ayudé a sentarse otra vez en el escalón, pero sin perdonarle nada. Se llevó la mano al corazón y me miró como si él fuera el cajero de un Banco y me pidiera que no le matara. Pero yo me crucé de brazos, sintiéndome como un pueblo que tiene el sagrado derecho de disponer de sí mismo.

—Momo... mi pequeño Momo.

—Ni pequeño Momo ni nada. ¿Es que sí, o mierda?

—No tengo derecho a hacer eso...

—¿No quiere abortarla?

—No es posible. La eutanasia está severamente castigada.

Me daba risa. Me hubiera gustado saber qué es lo que no está severamente castigado, sobre todo cuando no hay nada que castigar.

—Hay que llevarla al hospital, por humanidad...

—¿Me admitirán a mí en el hospital?

Esto le tranquilizó un poco y hasta sonrió.

—Tú eres un buen chico, Momo. No, pero podrás ir a visitarla. Aunque pronto ya no te reconocerá.

Trató de hablar de otra cosa.

—A propósito, Momo, ¿qué piensas hacer? No puedes vivir solo.

—No se preocupe por mí. Conozco muchas putas en Pigalle. Ya he recibido varias proposiciones.

El doctor Katz abrió la boca, me miró, tragó saliva y suspiró como hacen todos. Yo estaba pensando. Había que ganar tiempo, siempre es lo mejor.

—Oiga, doctor Katz, no llame al hospital. Deme unos días. Puede que se muera ella sola. Además, tengo que arreglar mis asuntos. De lo contrario, me llevarían a la Asistencia.

Volvió a suspirar. El tío, cada vez que respiraba era para suspirar. Yo ya estaba harto de la gente que suspira.

Me miró, pero de otro modo.

—Tú nunca fuiste un niño como los demás, Momo. Y no serás tampoco un hombre como los demás, siempre lo he sabido.

—Muchas gracias, doctor. Es muy amable.

—Así lo creo realmente. Siempre serás muy diferente.

Reflexioné un momento.

—Debe ser porque he tenido un padre psiquiátrico.

El doctor Katz tenía muy mala cara, parecía enfermo.

—No, Momo, no es eso lo que quiero decir. Aún eres demasiado joven para comprenderlo, pero...

—Nunca se es demasiado joven para nada, doctor, se lo digo por experiencia.

—¿Dónde has aprendido esa expresión?

Pareció asombrado.

—Mi amigo, el señor Hamil, lo dice siempre.

—¡Ah, ya! Tú eres un chico muy inteligente, muy sensible, hasta quizá demasiado sensible. Yo le he dicho muchas veces a la señora Rosa que nunca serás como todo el mundo. Unas veces, eso da grandes poetas, escritores, otras veces... Otras veces, revolucionarios. Pero tranquilízate. Esto no quiere decir que no vayas a ser normal.

—Espero no ser nunca normal, doctor Katz. Sólo los

granujas son normales. Haré todo lo que pueda para no ser normal, doctor...

Se levantó otra vez y creí que era el momento de preguntarle algo que empezaba a tenerme intranquilo.

—Dígame, doctor, ¿está seguro de que tengo catorce años? ¿No tendré veinte, treinta o más? Primero me dicen que diez, después catorce... ¿No tendré muchos más? ¿No seré un enano, maldita sea? No quiero ser un enano, doctor, aunque sean diferentes.

El doctor Katz sonrió por entre la barba, contento de poder darme al fin una buena noticia.

—No, no eres un enano, palabra de médico. Tienes catorce años, pero la señora Rosa tenía miedo de que la dejaras y por eso te hizo creer que no tenías más que diez. Quizá debí decírtelo antes, pero...

Sonrió y esto le hizo parecer más triste todavía.

—Pero como era una hermosa historia de amor, no dije nada. Respecto a la señora Rosa, esperaré unos días más, pero creo que es indispensable llevarla al hospital. No tenemos derecho a poner fin a sus sufrimientos, como ya te he explicado. Mientras tanto, que haga ejercicio, ponla de pie, que se mueva, que pasee por la habitación, pues de lo contrario le saldrán llagas y abscesos por todas partes. Hay que moverla... Dos o tres días, no más.

Llamé a uno de los hermanos Zaoum para que lo bajara en hombros. El doctor Katz todavía vive y pienso ir a verle cualquier día.

Me quedé un rato sentado en la escalera, solo, para estar tranquilo. Me alegraba saber que no era un enano, pues eso ya era algo. Una vez vi la foto de un señor que no tenía brazos ni piernas. Pienso en él muchas veces para sentirme mejor, y me gusta tener brazos y piernas. Luego me acordé de los ejercicios que teníamos que hacerle a la señora Rosa para que se moviera un poco y fui a buscar al señor Waloumba para pedirle que me ayudara, pero él estaba en su trabajo de las basuras. Me quedé todo el día con la señora Rosa que se echó las cartas para leer el futuro. Cuando el señor Waloumba volvió de la faena, subió con sus amigos y entre todos cogieron a la señora Rosa y le hicieron hacer un poco de ejercicio. Primero la pasearon por la habitación, pues todavía le servían las piernas, y después la tumbaron en una manta y la sacudieron un poco para removerla por dentro. Y al final hasta les divertía aquello porque la señora Rosa les parecía una muñeca enorme y creían estar jugando a algo. El meneo le hizo mucho bien y ella tuvo palabras amables para todos. Después la acostamos, le dimos de cenar y entonces pidió el espejo. Cuando se miró, sonrió y se arregló los treinta y cinco pelos que le quedaban. Todos la felicitamos por su buen aspecto. Se maquilló, porque se puede estar pocha y conservar todavía la feminidad, tratando de arreglarse lo mejor posible. Es una lástima que la señora Rosa no fuera guapa, pues estaba dotada para eso y hubiera resultado estupenda. Sonreía y todos nos alegramos de que no se diera asco.

Después, los hermanos del señor Waloumba le hicieron un arroz con pimientos porque decían que había que pimentarla para que la sangre le corriera más aprisa. Entonces llegó la señora Lola. Cuando venía aquel senegalés, parecía que entraba el sol en la casa. Lo único que me da pena de la señora Lola es cuando dice que va a hacérselo cortar todo para ser una mujer de cuerpo entero como dice ella. A mí me parece que esto es llevar las cosas demasiado lejos y me da miedo que le hagan daño.

La señora Lola le regaló uno de sus vestidos a la señora Rosa, pues sabía lo importante que es la moral para las mujeres. También traía champaña y no hay nada mejor que eso. Después le echó perfume a la señora Rosa que cada vez lo necesitaba más, pues le costaba trabajo controlar sus aberturas.

La señora Lola tiene un natural alegre porque ha sido bendecida por el sol de África y daba gusto verla sentada en la cama con una pierna encima de la otra y vestida a la última moda. La señora Lola es muy guapa para ser hombre, menos por la voz, que data de sus tiempos de campeón de boxeo de los pesos pesados, pero esto no hay manera de arreglarlo porque las voces están en relación con los cojones, y ésta era su gran pena. Yo tenía en brazos a *Arthur,* el paraguas, pues no quería separarme bruscamente de él, a pesar de los cuatro años que me habían caído encima de repente.

Tenía derecho a ir acostumbrándome poco a poco, pues la gente tarda mucho tiempo en cumplir varios años y no había que meterme prisas.

La señora Rosa se reponía tan rápidamente que al poco rato pudo levantarse y andar un poco ella sola. Era la recesión y la esperanza. Cuando la señora Lola se fue a trabajar, con su bolso y todo, nosotros comimos un poco y la señora Rosa probó el pollo que le había mandado el señor Djamaili, el de la tienda de comestibles. El señor Djamaili propiamente dicho había fallecido, pero siempre se llevó bien con los suyos y su familia había continuado con el negocio. Después, bebió un poco de té con mermelada y puso cara de ensueño. Yo creí que iba a darle otro ataque de imbecilidad y tuve miedo. Pero aquel día la habían sacudido tanto que la sangre había reanudado el servicio y le llegaba a la cabeza como estaba previsto.

—Momo, dime toda la verdad.

—Toda la verdad no la sé, ni sé si hay alguien que la sepa.

—¿Qué te ha dicho el doctor Katz?

—Que hay que llevarla al hospital y que allí la cuidarán para impedir que se muera. Todavía puede vivir mucho.

Me daba mucha pena decirle estas cosas y traté de sonreír como si aquello fuera una buena noticia.

—¿Cómo llaman ellos a esto que yo tengo?

Tragué saliva.

—No es cáncer, señora Rosa. Se lo juro.

—¿Cómo llaman los médicos a esto, Momo?

—Se puede vivir así mucho tiempo.

—¿Cómo?

Yo me callé.

—Momo, tú no irás a mentirme, ¿verdad? Soy una vieja judía y me han hecho todo lo que se le puede hacer a un hombre.

Ella decía *mensch* que en judío vale lo mismo para hombre que para mujer.

—Quiero saberlo. Hay cosas que nadie tiene derecho a hacérselas a un *mensch*. Yo sé que a veces se me va la cabeza.

—No es nada, señora Rosa. Así se puede vivir también perfectamente.

—¿Cómo? ¿Cómo es así?

No pude contenerme. Las lágrimas me ahogaban por dentro. Me eché sobre ella, me abrazó y yo le grité:

—¡Como una hortaliza, señora Rosa, como una hortaliza! Quieren hacerla vivir como una hortaliza.

No dijo nada, pero empezó a sudar un poco.

—¿Cuándo van a venir a buscarme?

—No lo sé, dentro de uno o dos días. El doctor Katz la quiere mucho y me ha dicho que no va a separarnos más que si le ponen un puñal en el pecho.

—No pienso ir —dijo ella.

—Yo no sé qué hacer. Son un hatajo de marranos. No quieren abortarla.

Parecía muy tranquila. Sólo pidió para lavarse porque se había meado.

Ahora que lo pienso me parece que era muy hermosa. Esto depende de cómo se piense en alguien.

—Es la Gestapo —murmuró.

No dijo más.

Por la noche, tuve frío y me levanté para echarle a ella otra manta.

El día siguiente, me desperté contento. Cuando me despierto no pienso en nada y así lo paso bien. La señora Rosa estaba viva y hasta me sonrió para demostrar que todo iba bien, que sólo le dolía el hígado, porque lo tenía hepático, y el riñón izquierdo, que el doctor Katz veía con muy malos ojos. Tenía otras cosas que no funcionaban, pero no soy quién para explicarlo, pues no las entiendo. Fuera hacía sol y yo aproveché para descorrer las cortinas, pero ella dijo que no, porque así se veía demasiado y no se gustaba. Cogió el espejo y dijo solamente:

—¡Qué fea me he vuelto, Momo!

Yo me puse furioso porque no hay derecho a hablar mal de una mujer vieja y enferma. A mí me parece que no se puede juzgar todo por un igual, porque tampoco los hipopótamos y las tortugas son como todo el mundo.

Cerró los ojos y por la cara le corrían lágrimas, pero no sé si era porque estaba llorando o porque se le relajaban los músculos.

—Soy monstruosa, lo sé muy bien.

—Señora Rosa, sólo es que usted no se parece a los demás.

Me miró.

—¿Cuándo van a venir a buscarme?

—El doctor Katz...

—No quiero oír hablar del doctor Katz. Es una buena persona, pero no conoce a las mujeres. Yo era guapa, Momo. Tenía una clientela de lo mejor en la calle Provence. ¿Cuánto dinero nos queda?

—La señora Lola me dejó cien francos. Nos dará más. Se defiende muy bien.

—Yo no hubiera trabajado nunca en el Bosque de

Bolonia. No hay dónde lavarse. En Les Halles había hoteles de categoría, con higiene. Y en el Bosque de Bolonia puede ser peligroso por los maníacos.

—A los maníacos la señora Lola les parte la cara. Ya sabe que fue campeón de boxeo.

—Es una santa. No sé qué hubiera sido de nosotros sin ella.

Después quiso decir una oración judía que le había enseñado su madre. A mí me entró mucho miedo, me pareció que volvía a la niñez, pero no quise llevarle la contraria. No se acordaba de las palabras por el lío que tenía en la cabeza. Aquella oración se la había enseñado ella a Moisés y yo también la había aprendido porque me daba coraje cada vez que ellos dos hacían cosas aparte. Y recité:

—*Shma israel adenoi eloheinu adenoi ejot buruj shein kweit malhusse loeilem boet...*

Fue repitiéndolo conmigo y después me fui al lavabo a escupir como hacen los judíos porque aquello no era de mi religión. Después me pidió que la vistiera, pero yo solo no podía y bajé al piso de los negros. Allí estaban el señor Waloumba, el señor Sokoro, el señor Tané y otros, pero no podría decirles sus nombres porque son todos muy amables.

Cuando entramos vimos en seguida que la señora Rosa estaba otra vez imbécil, con ojos de merluza frita y la baba que le caía como ya he tenido el honor de decirles y no quisiera repetir. Entonces me acordé de lo que había dicho el doctor Katz sobre el ejercicio que ella tenía que hacer para que la sangre le llegara allí donde se la necesitaba. Entonces la pusimos sobre una manta y los hermanos del señor Waloumba la levantaron con su fuerza proverbial y se pusieron a sacudirla, pero en aquel momento llegó el doctor Katz montado a hombros del señor Zaoum, el mayor, con sus instrumentos de medicina en un maletín. Antes ya de bajar de la espalda del señor Zaoum, se puso hecho una fiera, porque lo que él había querido decir no era aquello. Yo nunca había visto al doctor Katz tan furioso, y hasta tuvo que sentarse con una mano en el corazón, pues todos los judíos de por aquí están enfermos. Vinieron a Belleville de Europa hace mucho tiempo, son viejos y están cansados y por eso se detuvieron aquí en vez de irse más lejos. Me gritó cosas terribles y nos llamó salvajes a todos, lo cual cabreó al señor Waloumba que le dijo que aquélla no era una manera de hablar. El doctor Katz se disculpó diciendo que no había querido ser peyorativo, pero que no había ordenado que se volteara por los aires a la señora Rosa como si fuera una tortilla, sino que había que pasearla despacito, con mil precauciones. El señor Waloumba y sus compatriotas la dejaron rápidamente en la butaca porque había que cambiar las sábanas por eso de las necesidades fisiológicas.

—Voy a telefonear al hospital —dijo el doctor Katz, decidido—. Pediré una ambulancia inmediatamente. Su estado lo exige. Necesita unos cuidados constantes.

Yo me eché a llorar, pero en seguida vi que no serviría de nada. Y entonces tuve una idea genial, pues en aquel momento hubiera sido capaz de cualquier cosa.

—Doctor Katz, hoy no se la puede llevar al hospital. Hoy no. Va a venir su familia.

Él pareció asombrado.

—¿Qué familia si no tiene a nadie en el mundo?

—Tiene familia en Israel y llegan hoy —repuse.

El doctor Katz guardó un minuto de silencio a la memoria de Israel. No salía de su asombro.

—Eso no lo sabía yo —dijo con un tono de respeto en su voz porque para los judíos Israel significa mucho—. Ella no me dijo nunca...

Yo empezaba a tener esperanza. Estaba sentado en un rincón, con el abrigo puesto y el paraguas *Arthur* en brazos. Cogí su sombrero hongo y me lo puse, para que me diera suerte.

—Hoy vienen a buscarla. Se la llevarán a Israel. Todo está arreglado. Los rusos ya han dado el visado.

El doctor Katz estaba estupefacto.

—¿Cómo, los rusos? ¿Qué estás diciendo?

Mierda, entonces vi que había metido la pata. Pero la señora Rosa me había dicho muchas veces que para ir a Israel se necesitaba un visado ruso.

—Bueno, ya sabe a lo que me refiero.

—Te has confundido, Momo. Pero ya veo... ¿De manera que van a venir a buscarla?

—Sí... Se han enterado de que a veces se le va la cabeza y se la llevan a vivir a Israel. Mañana toman el avión.

El doctor Katz estaba maravillado y se acariciaba la barba. Era la mejor idea que había tenido en mi vida. Aquélla era la primera vez que yo tenía de verdad cuatro años más.

—Son riquísimos. Tienen tiendas y están motorizados. Ellos...

Entonces me dije: "Mierda, no hay que exagerar."

—Ellos tienen todo lo necesario, vaya.

—Bueno —repuso el doctor Katz bajando la cabeza—. Es una buena noticia. La pobre ha sufrido tanto en su vida... Pero, ¿por qué no le habían dicho nada hasta ahora?

—Ya le escribían que fuera con ellos, pero ella no quería abandonarme. La señora Rosa y yo no podemos pasar el uno sin el otro. Somos todo lo que tenemos en el mundo. No quería dejarme. Ni ahora tampoco. Ayer mismo tuve que suplicarle. Señora Rosa, le dije, váyase con su familia a Israel. Allí podrá morir tranquila, ellos la cuidarán. Aquí, usted no es nada. Allí será mucho más.

El doctor Katz me miraba con la boca abierta de asombro. Hasta tenía emoción en los ojos que se le habían puesto húmedos.

—Es la primera vez que un árabe envía a un judío a Israel. —Casi no podía hablar por el choque.

—Ella no quería irse sin mí.

El doctor Katz se quedó pensativo.

—¿Y no podríais iros los dos?

Esto me impresionó. Yo hubiera dado cualquier cosa con tal de ir a algún sitio.

—La señora Rosa me ha dicho que ya lo preguntará cuando llegue.

Estaba ya casi sin voz, por no saber qué decir.

—Por fin la convencí. Hoy vienen a buscarla y mañana toman el avión.

—¿Y tú, Mohamed? ¿Qué va a ser de ti?

—He encontrado alguien que va a ayudarme.

—¿Ayudarte... a qué?

Me callé. Me había metido en un buen lío y no sabía cómo salir.

El señor Waloumba y los suyos se pusieron muy contentos al saber que yo lo había arreglado todo. Yo seguía sentado en el suelo, con mi paraguas *Arthur,* sin saber ni dónde estaba. No lo sabía ni quería saberlo.

El doctor Katz se levantó.

—Es una buena noticia. La señora Rosa puede vivir todavía bastante tiempo, aunque ella no se entere. Está evolucionando muy de prisa. Pero tendrá momentos de lucidez y se alegrará al ver que está en su tierra. Di a su familia que pasen a verme. Yo no salgo de casa.

Me puso la mano en la cabeza. Hay que ver la gente que me pone la mano en la cabeza. Esto les hace bien.

—Si la señora Rosa recobra el conocimiento antes de marchar, dile que la felicito.

—Sí, doctor. Le diré *mazltov.*

El doctor Katz me miró con orgullo.

—Tú debes de ser el único árabe del mundo que habla yiddish, Momo.

—Sí, *mittornisch zorgen.*

Por si no saben judío, esto quiere decir: *No hay de qué quejarse.*

—No te olvides de decirle a la señora Rosa que me alegro mucho —repitió el doctor Katz.

Es la última vez que les hablo de él, porque así es la vida.

El señor Zaoum, el mayor, lo esperaba en la puerta muy cortésmente para bajarlo a cuestas. El señor Waloumba y sus tribunos acostaron a la señora Rosa en su cama bien limpia y se fueron. Yo me quedé con mi paraguas *Arthur* y mi abrigo mirando a la señora Rosa tendida boca arriba, como una enorme tortuga que no hubiera sido hecha para aquello.

—Momo...

Yo ni siquiera levanté la cabeza.

—Sí, señora.

—Lo he oído todo.

—Ya lo sé. Lo noté cuando vi que miraba.

—Entonces, ¿me voy a Israel?

No dije nada. Tenía la cabeza baja para no verla. Cada vez que nos mirábamos nos hacíamos daño.

—Has hecho muy bien, Momo. Tú me ayudarás.

—Claro que voy a ayudarla. Pero todavía no.

Hasta lloré un poco.

Pasó un buen día y durmió bien, pero la noche siguiente las cosas se pusieron peor cuando subió el administrador porque llevábamos varios meses sin pagar el alquiler. Nos dijo que era una vergüenza tener en casa a una anciana enferma sin nadie que la cuidara y que había que llevarla a un asilo por razones humanitarias. Era un tío gordo y calvo, con unos ojos como dos cucarachas y se fue diciendo que iba a telefonear al hospital de la Piedad para la señora Rosa y a la Asistencia Pública para mí. También tenía unos grandes bigotes que se le movían. Bajé a saltos la escalera y lo alcancé cuando ya había entrado en el café del señor Driss para llamar por teléfono. Le dije que la familia de la señora Rosa llegaba al día siguiente para llevársela a Israel y que yo me iría con ella. Él podría recuperar el piso. Tuve una idea genial y le dije que la familia le pagaría los meses que le debíamos mientras que el hospital no le pagaría absolutamente nada. Les juro que aquellos cuatro años que había recuperado de golpe se notaban y me había acostumbrado muy pronto a pensar como es debido. Hasta le dije que si metía a la señora Rosa en el hospital y a mí en la Asistencia, todos los judíos y todos los árabes de Belleville se le echarían encima por habernos impedido regresar a la tierra de nuestros mayores.

Le solté todo el lote y le prometí que se encontraría con los *jlaui* en la boca, que es lo que hacen siempre los terroristas judíos y que no hay nada peor que ellos, a no ser mis hermanos árabes que luchan para poder disponer de sí mismos y volver a su tierra y que si se metía con la señora Rosa y conmigo tendría que vérselas a la vez con los terroristas judíos y los terroristas árabes y que ya podía empezar a cortarse los cojones. Todo el mundo nos miraba y yo me sentía muy contento de mí. Estaba realmente en mi forma olímpica. De buena gana hubiera matado a aquel tipo de lo desesperado que estaba, y en el café nunca me habían visto así. El señor Driss nos escuchaba y aconsejó al administrador que no se metiera en las cuestiones entre judíos y árabes porque podía costarle caro. El señor Driss es de Túnez, pero allí también hay árabes. El administrador se había puesto muy pálido y nos dijo que no sabía que fuéramos a volver a nuestra tierra y que él era el primero en alegrarse. Hasta me preguntó si quería beber algo. Era la primera vez que alguien me invitaba a beber como si fuera un hombre. Yo pedí una "Coca", les dije salud y volví a subir al sexto piso. No había tiempo que perder.

Encontré a la señora Rosa en su estado de embotamiento, pero vi que tenía miedo y eso es señal de inteligencia. Hasta me llamó por mi nombre como el que pide socorro.

—Estoy aquí, señora Rosa, estoy aquí...

Quería decir algo, le temblaba la cabeza, movía los labios y hacía esfuerzos para comportarse como un ser humano. Pero lo único que conseguía era que sus ojos se hicieran cada vez más grandes. Estaba con la boca abierta y las manos en los brazos de la butaca, mirando hacia delante, como si ya estuviera oyendo el timbre...

—Momo...

—Tranquila. No voy a dejar que llegue a campeón del mundo de las hortalizas en un hospital...

No sé si les he dicho que la señora Rosa guardaba siempre el retrato del señor Hitler debajo de la cama y cuando las cosas iban mal lo sacaba, lo miraba y en seguida se sentía mejor. Yo cogí el retrato y se lo puse delante de las narices.

—Señora Rosa, señora Rosa, mire quién está aquí.

Tuve que sacudirla. Ella suspiró un poco, vio delante de ella la cara del señor Hitler, lo reconoció en seguida y hasta dio un grito. Aquello la reanimó del todo y trató de levantarse.

—Dese prisa, señora Rosa, dese prisa, tenemos que irnos.

—¿Ya están aquí?

—Todavía no, pero tenemos que irnos. Nos vamos a Israel, ¿se acuerda?

Entonces empezó a funcionar. Y es que lo que más efecto les hace a los viejos son los recuerdos.

—Ayúdame, Momo...

—Despacio. Tenemos tiempo. Todavía no han telefoneado, pero no podemos seguir aquí.

Me costó mucho trabajo vestirla y encima quiso arreglarse y tuve que sostenerle el espejo mientras se maquillaba. Yo no me explicaba por qué se empeñaba en ponerse lo mejor que tenía, pero la feminidad es algo que no se explica. Tenía en el armario un montón de pingos rarísimos que compraba en Les Puces cuando tenía pasta, no para ponérselos sino para soñar. Lo único en lo que cabía entera era su quimono modelo japonés con pájaros, flores y una salida del sol. Era rojo y naranja. Se puso también su peluca roja y quiso mirarse en el espejo del armario, pero no la dejé. Valía más.

Eran ya las once de la noche cuando salimos a la escalera. No creí que lo consiguiera. Yo no sabía la fuerza que le quedaba para ir a morir a su escondite judío. A mí lo del escondite me pareció siempre una tontería. Nunca comprendí por qué se lo había arreglado ni por qué bajaba a él de vez en cuando, se sentaba, miraba a su alrededor y respiraba. Ahora lo comprendía. Todavía no había vivido lo suficiente para tener bastante experiencia y aún hoy sé que, por más que te reviente, siempre te queda algo por aprender.

El interruptor automático no funcionaba y se apagaba cada momento. En el cuarto piso, hicimos ruido y el señor Zidi, que ha venido de Oujda, abrió la puerta y salió a ver qué pasaba. Al ver a la señora Rosa se quedó con la boca abierta, como si nunca hubiera visto un quimono modelo japonés y cerró en seguida. En el tercero, nos cruzamos con el señor Mimoun que vende cacahuetes y castañas en Montmartre y que pronto regresará a Marruecos después de hacer fortuna. Se paró, levantó los ojos y preguntó:

—Dios mío, ¿qué es eso?

—La señora Rosa que se va a Israel.

Él lo pensó, luego volvió a pensarlo y, todavía con miedo en la voz, quiso saber:

—¿Y por qué la han vestido así?

—No lo sé, señor Mimoun. No soy judío.

El señor Mimoun tragó un poco de aire.

—Yo conozco a los judíos y ellos no se visten así. Nadie se viste así. Es imposible.

Sacó el pañuelo, se secó la frente y ayudó a la señora Rosa a bajar la escalera, porque vio que aquello era demasiado para un hombre solo. Al llegar abajo, preguntó dónde estaba el equipaje y si no iría a coger frío mientras esperaba el taxi y hasta se enfadó y empezó a gritar que no se podía mandar a una mujer al país de los judíos en semejante estado. Le dije que subiera al sexto piso y hablara con la familia de la señora Rosa que estaban acabando de hacer el equipaje, pero él se fue, diciendo que lo último que haría en el mundo sería ocuparse de mandar judíos a Israel. Nos quedamos solos. Había que darse prisa, pues aún había que bajar medio piso para llegar al sótano.

Cuando entramos, la señora Rosa se hundió en la butaca y entonces creí que se moría. Tenía los ojos cerrados y no le quedaba aire ni para levantarle el pecho. Encendí las velas y me senté en el suelo, a su lado, cogiéndole una mano. Esto la alivió un poco, abrió los ojos, miró a su alrededor y dijo:

—Ya sabía yo que algún día lo necesitaría, Momo. Ahora ya puedo morir tranquila.

Sonrió y siguió hablando:

—No batiré el récord mundial de las hortalizas.

—*Inch'Allah.*

—Sí, Momo, *Inch'Allah.* Eres un buen chico. Siempre nos hemos llevado bien.

—Sí, señora. Y vale más eso que nada.

—Ahora hazme decir mi oración, Momo. Puede que sea la última vez.

—*Shma israel adenoi...*

Fue repitiéndola conmigo, hasta *loeilem boet* y pareció que se quedaba contenta. Todavía tuvo una hora buena, pero después se puso peor. Por la noche murmuraba en polaco porque allí había pasado su infancia y repetía el nombre de un tipo llamado Blumentag, algún proxineta que habría conocido cuando era mujer. Ahora ya sé que se dice proxeneta, pero es la costumbre. No dijo nada más y se quedó embobada mirando la pared de enfrente y cagándose y meándose encima. Si quieren que les diga una cosa, a mí me parece que esto no debía de existir. Lo digo tal como lo pienso. Nunca entenderé por qué puede haber aborto para los jóvenes y no para los viejos. A mí me parece que el tío ese que batió el récord del mundo de América como una hortaliza lo pasó peor que Jesús porque estuvo en su cruz diecisiete años y pico. A mí me parece que no hay nada peor que embucharles la vida a la fuerza a personas que no pueden defenderse y que no quieren seguir viviendo.

Había muchas velas y encendí algunas para que no estuviera aquello tan oscuro. Volvió a murmurar Blumentag, Blumentag dos veces y yo empecé a mosquearme. A su Blumentag hubiera querido yo ver allí, jorobándose por ella como yo. Después recordé que *blumentag* en judío quiere decir día florido, por lo que aquello debía de ser otro de sus sueños de mujer. La feminidad es más fuerte que cualquier otra cosa. Alguna vez, siendo joven, debió de ir al campo con un tipo que le gustaba y aún le quedaba el recuerdo.

—*Blumentag,* señora Rosa.

La dejé allí y subí a buscar mi paraguas *Arthur,* porque estaba acostumbrado a él. Luego subí otra vez para coger el retrato del señor Hitler, que era lo único que aún le hacía efecto.

Yo pensaba que la señora Rosa no se quedaría mucho tiempo en su escondite judío y que Dios se apiadaría de ella, pues cuando llega uno al límite de sus fuerzas se le ocurren toda clase de ideas. De vez en cuando, miraba su hermosa cara y de repente recordé que había olvidado su maquillaje y todo lo que a ella le gustaba ponerse para ser mujer y subí por tercera vez, aunque ya estaba harto. La señora Rosa era muy exigente.

Arrimé el colchón a su lado, por la compañía, pero no podía pegar ojo porque tenía miedo de las ratas que tienen fama en todos los sótanos, pero allí no había. No sé cuándo me dormí y cuando desperté ya casi no quedaban velas encendidas. La señora Rosa tenía los ojos abiertos, pero cuando le puse delante el retrato del señor Hitler no se enteró. Fue un milagro poder bajarla en su estado.

Cuando salí a la calle era mediodía. Me quedé en la acera y cada vez que alguien me preguntaba por la señora, yo decía que se había ido a su casa judía de Israel, que su familia había venido a buscarla y que allí tenía todo el confort moderno y se moriría más aprisa que aquí que esto no era vida para ella. Quizá viviera algún tiempo y me mandara llamar, pues yo también tenía derecho a vivir allí. Los árabes también tienen derecho. Todo el mundo se alegraba de que la judía hubiera encontrado la paz. Entré en el café del señor Driss que me hizo comer de gorra y me senté delante del señor Hamil que estaba cerca de la ventana, con su albornoz gris y blanco. Ya no veía nada, pero en cuanto le dije mi nombre tres veces en seguida se acordó de mí.

—Ah, el pequeño Mohamed, sí, sí, lo recuerdo... Lo conozco muy bien... ¿Qué ha sido de él?

—Señor Hamil, soy yo.

—Ah, bueno, bueno, perdona. Como ya no veo...

—¿Cómo está, señor Hamil?

—Ayer comí un buen cuscús y hoy me darán arroz con caldo. Todavía no sé lo que me darán para cenar.

Seguía con la mano encima del libro del señor Víctor Hugo y miraba a lo lejos, como buscando lo que iban a darle de cena.

—Señor Hamil, ¿se puede vivir sin alguien a quien querer?

—Yo quiero cuscús, Víctor, pero todos los días, no.

—No me ha entendido, señor Hamil. Cuando yo era pequeño, me dijo que no se puede vivir sin amor.

Su cara se había iluminado desde dentro.

—Sí, sí, es verdad. Yo también quise a alguien cuando era joven. Sí, tienes razón, mi pequeño...

—Mohamed. No soy Víctor.

—Sí, mi pequeño Mohamed. Cuando era joven quise a alguien, a una mujer. Se llamaba... —Pareció asombrarse—. No me acuerdo.

Me levanté y volví al sótano.

La señora Rosa seguía en su estado de embotamiento. Yo no me sentía bien, me dolía todo el cuerpo. Volví a ponerle el retrato del señor Hitler delante de los ojos, pero no le hizo nada. Yo pensaba que podía seguir viviendo así años y años y no quería hacerle eso, pero no tenía valor para abortarla con mis propias manos. No tenía buen semblante, ni siquiera en la oscuridad y encendí todas las velas que pude, por la compañía. Cogí su maquillaje y le pinté los labios, las mejillas y las cejas, como a ella le gustaba. Le pinté los párpados de azul y blanco y le pegué unas estrellitas, como hacía ella. Probé de ponerle unas pestañas postizas, pero no se pegaban. Ya veía que no respiraba, pero lo mismo me daba. Seguía queriéndola aunque no respirara. Me tumbé a su lado en el colchón con mi paraguas *Arthur* y traté de encontrarme peor para ver si me moría. Cuando aquellas velas se apagaron, encendí otras y otras. Se apagaron varias veces. Luego vino a verme el payaso azul, a pesar de mis cuatro años más, y me rodeó los hombros con el brazo. Todo me dolía. También vino el payaso amarillo y yo me olvidé de aquellos cuatro años, me importaban un rábano. De vez en cuando, me levantaba y ponía el retrato del señor Hitler delante de los ojos de la señora Rosa, pero ella se quedaba igual que antes, ya no estaba con nosotros. También le daba algún beso, pero eso tampoco sirve de nada. Tenía la cara fría. Estaba muy guapa, con su quimono artístico, su peluca roja y todo el maquillaje que yo le había puesto en la cara. La pinté otro poco y aquí y allá porque empezaba a ponerse gris y morada cada vez que me despertaba. Yo dormía a su lado, en el colchón, y me daba miedo salir a la calle porque no había nadie. De todos modos, subí a casa de la señora Lola, porque ella era diferente. No estaba, no era hora buena. No quería dejar sola a la señora Rosa por si se despertaba y, al encontrarse a oscuras, creía que estaba muerta. Volví a bajar y encendí otra vela, sólo una, porque a ella no le hubiera gustado que la vieran en aquel estado. Tuve que volver a maquillarla, con mucho rojo y colores bonitos para que se notara menos. Dormí otro rato a su lado y volví a subir a casa de la señora Lola que no se parecía a nada ni a nadie. Estaba afeitándose, había puesto música y unos huevos al plato que olían muy bien. Estaba medio desnuda y se frotaba vigorosamente por todas partes para borrar las huellas de su trabajo. En cueros, con la cuchilla de afeitar en la mano y la cara enjabonada, no se parecía a nada conocido. Aquello me hizo bien. Cuando me abrió la puerta, se quedó muda, por lo mucho que yo debía haber cambiado en cuatro años.

—¡Dios mío, Momo! ¿Qué ha pasado? ¿Estás enfermo?

—Quería despedirme de parte de la señora Rosa.

—¿La han llevado al hospital?

Me senté, porque ya no tenía fuerzas. No había comido desde no sé cuándo, para hacer huelga de hambre. A mí las leyes de la Naturaleza me importan un rábano. Ni siquiera quiero saber cuáles son.

—No, no está en el hospital. Está en su escondite judío.

No debí decirlo, pero en seguida vi que la señora Lola no sabía lo que era aquello.

—¿Qué dices?

—Se ha ido a Israel.

La señora Lola se sorprendió tanto que se quedó con la boca abierta en medio del jabón de afeitar.

—¡Pero ella no me había dicho que pensara marcharse!

—Vinieron a buscarla en avión.

—¿Quién?

—Su familia. Allá tenía un montón de familia. Vinieron a buscarla en avión, con un coche a su disposición. Un "Jaguar".

—¿Y te ha dejado solo?

—Yo también me iré. Ella me mandará llamar.

La señora Lola seguía mirándome y me tocó la frente.

—¡Momo, tú tienes fiebre!

—No, estoy bien.

—Ven a comer algo. Te hará bien.

—No, gracias. Ya no como.

—¿Qué es eso de que ya no comes? ¿Qué dices?

—A mí las leyes de la Naturaleza me importan un rábano.

Ella se echó a reír.

—Y a mí también.

—Yo me cago en las leyes de la Naturaleza. Son un asco y hasta deberían prohibirlas.

Me levanté. Ella tenía un pecho más grande que el otro, porque no era natural. Yo quería mucho a la señora Lola.

Me sonrió de un modo muy bonito.

—¿Te gustaría vivir conmigo mientras esperas?

—No, señora. Muchas gracias.

Se agachó delante de mí y me cogió la barbilla. Tenía los brazos tatuados.

—Puedes quedarte. Yo te cuidaré.

—No, muchas gracias, señora Lola. Ya tengo alguien.

Ella suspiró, se levantó y fue a buscar el bolso.

—Toma, para ti.

Me largó treinta pavos.

Fui al grifo a beber agua, pues tenía una sed de padre y señor mío.

Bajé al sótano y me encerré con la señora Rosa en su escondite judío. Pero no se podía aguantar. Le eché por encima todo el perfume que quedaba, pero ni así. Salí otra vez y me fui a la calle Coulé, donde compré pinturas y unas botellas de perfume en la conocida perfumería del señor Jacques que es heterosexual y siempre está haciéndome insinuaciones. No quería comer para castigar a todo el mundo, pero ya ni merecía la pena dirigirles la palabra y me zampé unas salchichas en una cafetería. Cuando volví, la señora Rosa olía todavía más a causa de las leyes de la Naturaleza y le eché toda una botella de "Samba" que era su perfume preferido. Luego le pinté la cara con todas las pinturas que había traído para que se viera menos. Seguía con los ojos abiertos, pero con tanto rojo, verde, amarillo y azul alrededor no estaba tan terrible, porque ya no tenía nada de natural. Después encendí siete velas, como hacen siempre los judíos y me tumbé a su lado, en el colchón. No es verdad que haya pasado tres semanas con el cadáver de mi madre adoptiva, porque la señora Rosa no era mi madre adoptiva. No es verdad, y tampoco hubiera podido resistirlo porque se había terminado el perfume. Salí cuatro veces a comprar más frascos con el dinero que me había dado la señora Lola y robé otros tantos. Se lo eché todo por encima y le pinté y repinté la cara con todas las pinturas que tenía para tapar las leyes de la Naturaleza, pero ella se estropeaba horriblemente por todas partes, porque no hay compasión. Cuando tiraron la puerta para ver de dónde venía aquello y me vieron tendido a su lado todos se pusieron a pedir socorro y a gritar: "¡Qué horror!" No se les había ocurrido gritar antes porque la vida no huele. Me llevaron en una ambulancia al sitio donde decía el papel que me encontraron en el bolsillo con un nombre y una dirección. Les llamaron porque ustedes tienen teléfono y ellos pensaron que eran algo mío. Y ustedes llegaron y me llevaron a su casa de campo sin ninguna obligación por mi parte. Creo que tenía razón el señor Hamil cuando todavía tenía toda su cabeza y decía que no se puede vivir sin alguien a quien querer, pero no les prometo nada. Ya veremos. Yo quería a la señora Rosa y voy a seguir viéndola. Pero no me importa quedarme una temporada con ustedes, ya que sus chicos me lo han pedido. La señora Nadine me enseñó cómo se puede hacer que las cosas vuelvan atrás. Eso me interesa mucho y lo deseo de todo corazón. Y el doctor Ramón hasta fue a buscar mi paraguas *Arthur*. Yo me hacía mala sangre porque nadie iba a quererlo por su valor sentimental, y hay que querer.